MORDAZA

Historia de las mega ciudades

ÍNDICE

Capítulo   *Página*

CAPÍTULO 1. MEGA ROMA Y CHARLIE

¡Otra vez! Eran las ocho y media de la mañana y Carlos Pérez, superintendente de Mega Roma aparecía de nuevo en un programa de televisión.

Cada día sucedía lo mismo, el programa matinal de CiudadTV, uno de los canales controlados por el Gobierno y altavoz político de Carlos Pérez, "Charlie", acompañaba las mañanas de los habitantes de Mega Roma con una entrevista a su líder supremo. En realidad, el formato televisivo de entrevista era la excusa perfecta para emitir largos y reiterativos monólogos de Charlie: pocas preguntas, nada de réplicas ni contra preguntas y, en general, absoluta condescendencia con el entrevistado.

Charlie era la máxima autoridad de Mega Roma, una mega ciudad del siglo XXII y el responsable de que ésta fuera la más inteligente entre todas las mega ciudades inteligentes, la más poblada y la más poderosa.

Mega Roma se construyó sobre los restos de lo que habían sido Los Ángeles y San Francisco. Esas ciudades fueron asoladas por un gran terremoto a finales del siglo XXI, cuando la temida falla de San Andrés provocó el mayor desastre natural jamás conocido: el terremoto más devastador que alguien pudiera imaginar. Todo el estado de California sufrió sus gravísimas consecuencias: desaparecieron las ciudades de San Francisco, Fresno, Sacramento, San José, Los Ángeles y San Diego, no quedó nada en pie a lo largo de la costa del Pacifico desde Sonoma a Santa Bárbara y la península de Baja California en México se separó del continente para convertirse en una isla. Después de aquel "big one" se invirtieron miles de millones de dólares en la reconstrucción de toda California y en el nacimiento de una nueva ciudad sobre las ruinas de lo que antes habían sido lugares emblemáticos como la meca del cine, los grandes centros tecnológicos de Silicon Valley, los fértiles   valles de Napa y el afamado núcleo universitario de Stanford. Entonces, acudieron a las tareas de reconstrucción un incalculable número de ingenieros, urbanistas, arquitectos y todo tipo de expertos en las más variadas tecnologías. Al mismo tiempo, muchas empresas vieron una gran oportunidad en esa obra faraónica que comenzaba y decidieron instalar en la naciente ciudad nuevas sedes, laboratorios, factorías y centros de investigación. Desde el inicio se concibió la nueva urbe como una gran metrópoli que habría de dominar el mundo, de ahí el nombre que para ella eligieron sus fundadores: Mega Roma, en recuerdo de la Ciudad Eterna, la que fuera capital de un vasto imperio y gran referente de la humanidad.

Muy pronto se dedicaron grandes extensiones de tierra a la desbordante expansión de la nueva población mientras paralelamente se construían inmensos edificios inteligentes reunidos en un área equidistante de todos los extremos de la ciudad y destinados a ser el alojamiento de los cientos de miles de personas que decidían no alejarse de la zona céntrica, Muchas de las nuevas empresas e instalaciones del Gobierno se concentraban también allí y atraían a un gran número de habitantes, trabajadores y funcionarios.

Sin embargo, el crecimiento intentaba ser planificado y la expansión urbanística se diseñaba con criterios de seguridad, sostenibilidad y organización inteligente de los recursos y los servicios. Se intentaba tener en cuenta todo lo aprendido de los errores cometidos en las oscuras décadas de finales del siglo XXI que provocaron el agotamiento de los recursos naturales y la desestabilización de los ecosistemas terrestres. En aquella época, el cambio climático se había hecho ya evidente y sus consecuencias empezaban a ser dramáticas: grandes periodos de sequía a los que sucedían devastadoras inundaciones, incendios, hambrunas, enfermedades y plagas, subida del nivel del mar, salinización de las tierras de cultivo y la consiguiente disminución de los recursos y las cosechas. Más tarde comenzaron las grandes migraciones hacia ciudades y lugares aparentemente más habitables pero que estaban ya saturados de población y tenían sus propios problemas demográficos. Los conflictos entre los territorios afectados por la escasez de recursos y los países limítrofes se convirtieron en habituales, al mismo tiempo se sucedían todo tipo de desastres naturales cómo si la Tierra se vengara de todo el daño acumulado. El "big one" fue el gran colofón, no se sabe con certeza si potenciado por la masiva práctica del fraking en los Estados Unidos de América o fruto de la rabia acumulada de un planeta cansado y esquilmado por sus habitantes.

Además de aquellas extraordinarias migraciones y los conflictos territoriales, la contestación social provocada por la pérdida del bienestar y el desarrollo de los acontecimientos aumentó hasta niveles nunca vistos. Por ese motivo, el miedo de la clase gobernante a una revuelta popular a gran escala se convirtió entonces en obsesión y propició el desarrollo de sofisticados sistemas de control, vigilancia y manipulación social.

Mega Roma nació y creció bajo estas condiciones y rápidamente se consolidó como la ciudad más avanzada del planeta. Todo un imperio, el norte americano, ya en decadencia, se empeñó en convertir a Mega Roma en el último bastión de su esplendoroso poder.

Así, líder en tecnología cibernética, sistemas de defensa y tele comunicaciones, Mega Roma se auto proclamó primera ciudad de La Tierra. Su sistema de Gobierno se asemejaba al de una República con senadores elegidos por plebiscito popular. Éstos se hacían llamar concejales y gobernaban con puño de hierro los diferentes distritos de la ciudad. los senadores eran la voz de los distritos y los representaban. También, imbuidos de gran poder, imponían allí la ley. Estos concejales-senadores elegían a su vez al presidente o superintendente de la ciudad. Esta forma de representación tenía una apariencia democrática heredera de las viejas democracias del siglo XXI, fenecidas y fracasadas debido a la corrupción de los partidos políticos tradicionales y a la falta de acuerdo entre los mismos. En Mega Roma existían otra clase de partidos políticos ,surgidos del pensamiento legado por los movimientos sociales que emergieron en el siglo XXI: el ecologismo, el feminismo, los okupas, los animalistas, las asociaciones barriales, los pensionistas en lucha y otros muchos que acabaron devorando a los viejos partidos completamente anquilosados y víctimas de su propia incapacidad de sugestión colectiva .Como consecuencia, los concejales se presentaban a las elecciones encuadrados en estas nuevas organizaciones políticas y eran aparentemente los depositarios de la soberanía popular. Al igual que en la antigua Roma aquello no era una democracia plena puesto que el poder estaba reservado a los miembros de las élites inversoras y a los dirigentes de las grandes corporaciones que, a modo de patricios, pretendían dominar a la plebe. De hecho, no existían Asambleas y el simulacro democrático consistía únicamente en la votación periódica para elegir al concejal de distrito entre una lista de personalidades formada por miembros de dichas élites. El superintendente elegido a su vez por los senadores concejales disponía de grandes medios y ejercía un poder casi absoluto en la ciudad que usaba para perpetuarse en el cargo protegiendo, enriqueciendo y dotando de recursos a los fieles y leales que garantizaban su continuidad. En los últimos 40 años Charlie había sido reelegido superintendente de Mega Roma en diez ocasiones y gobernaba la ciudad con un estilo peculiar.

Charlie empezó su fulgurante carrera pública dándose a conocer como exitoso empresario del sector del ocio y el entretenimiento y como impulsor de atractivas propuestas sociales: generosas ayudas a los jóvenes y a los emprendedores para el alquiler de viviendas y locales, construcción de albergues públicos donde dar cobijo a los más vulnerables y un completo programa de actividades de ocio del agrado de la ciudadanía. Del mismo modo fue popular su empeño en impulsar una ley que pretendía garantizar una renta básica para todos los ciudadanos de Mega Roma.

Estas iniciativas le hicieron alcanzar los más altos niveles de popularidad de toda la clase política y ser el político preferido entre los más humildes, los jóvenes y entre los que buscaban o necesitaban una oportunidad. De esa manera inicio su carrera y muy pronto consiguió su cargo de concejal en un distrito alejado del área más próspera y floreciente de la ciudad y centro de graves tensiones sociales. Allí se había hecho con el control de todos los medios de comunicación y de la mayoría del comercio del Distrito. Durante algunos años dedicó grandes sumas de dinero al patrocinio de fiestas, conciertos y de cuantas actividades lúdicas viera como oportunidad para ganar adeptos y popularizar su imagen. De esta manera fue fácil para Charlie convertirse en la cabeza visible de algunos movimientos populares que le auparon al liderato de sus organizaciones para obtener así difusión y recursos, desde esa posición y con esa táctica consiguió ser elegido concejal.

Charlie superó así al primer peldaño de la escalera que lleva al poder, aupado por la decadencia del sistema político al que constantemente atacaba y por sus propuestas populistas teñidas de programas sociales. Sus contrincantes apenas captaban la atención de los ciudadanos, ellos seguían acumulando años de falta de credibilidad, herederos de organizaciones políticas corruptas y fruto de las redes clientelares tejidas por ellas. Aquellos que ocupaban puestos de responsabilidad, habían optado hacía mucho tiempo por olvidar a la población y las promesas realizadas, únicamente utilizaban sus cargos en beneficio propio y de su grupo.

La sociedad, al mismo tiempo, sucumbía como colectividad viciada de individualismo. No había valores que seguir ni solidaridad que practicar. Nadie se preocupaba por el otro y prefería un yo poco responsabilizado.

Las viejas corrientes políticas yacían olvidadas en el cementerio de las grandes decepciones y los perversos fraudes, nadie confiaba en ellas, tampoco en aquellos nuevos populismos, ahora viejos y agotados, que nacieron como una gran esperanza y muy pronto se convirtieron en corrientes sectarias victimas de personalismos e ideas totalitarias.

El Estado del Bienestar languidecía y agonizaba con sus recursos prácticamente agotados tras muchos años de mala gestión y saqueo por parte de toda la clase política. Los ciudadanos, hastiados y alienados, habían preferido dejar a los políticos actuar sin control con tal de no comprometerse. Así, en ese contexto, fue muy fácil para Charlie hacer prosperar su discurso materialista, plagado de promesas pragmáticas carente de exigencias para la ciudadanía.

La ambición de Charlie era desmedida y su plan estaba trazado: gobernar Nueva Roma y convertirse así en el hombre más poderoso de La Tierra.

Para alcanzar su objetivo, una vez conseguido su flamante puesto como concejal, comenzó a promover leyes y a liderar iniciativas que tenían como finalidad obtener apoyos entre los ciudadanos más ricos y poderosos: empresarios, comerciantes y otros sectores influyentes. Paralelamente, con la excusa de la caridad y la compasión, argumentando siempre actuar en beneficio de la comunidad, comenzó a retirar vagabundos y pobres de las calles para recluirlos en su red privada de albergues construidos con anterioridad a su mandato. Por supuesto, Charlie facturaba por el servicio y se enriquecía cada vez mas. Esos albergues habían supuesto ya un lucrativo negocio para Charlie pues se levantaron con aportaciones de diferentes organizaciones no gubernamentales, generosas donaciones particulares y fondos públicos de ayuda social, siendo la adjudicataria del proyecto una de las empresas del grupo de Charlie, el mantenimiento de los albergues se hacía con otra de sus empresas y era también financiado con fondos de la Administración pública. Como siempre, todo acababa siendo un buen negocio para el gran jefe del Distrito y de ello se beneficiaban exclusivamente su círculo más íntimo de colaboradores y sus fieles. Negocios y política se confundían para perpetuarle en el poder.

La policía de Charlie patrullaba constantemente por las avenidas, centros de reunión y lugares públicos obligando, a veces con violencia, a que la abandonaran todos los que Charlie había señalado como indignos. Poco a poco su foco de atención se fue ampliando y se perseguía no sólo a vagabundos y a personas sin hogar sino también a otros grupos y colectivos: jóvenes festejando, músicos callejeros, intelectuales disidentes y cualquier conjunto de individuos que él o los suyos considerasen molestos.

Al mismo tiempo reclutó a una pléyade de "voces influyentes": actores, escritores, cantantes, famosos, deportistas y a muchos otros que pudieran convertirse en referentes. Se les dio prebendas y ventanas preferentes de difusión con continua presencia en los medios de comunicación. Sólo tenían que, con sus actos, obras o palabras, contribuir a reforzar la imagen de Charlie y su corriente de pensamiento. La semilla del" charlismo" se regaba y crecía.

Cuando al fin Charlie se presentó ante el resto de concejales como candidato a superintendente de la ciudad la victoria fue sencilla para él debido a su creciente y apabullante popularidad y a que la mayoría de los senadores tenían alguna relación lucrativa con alguna de las empresas del círculo de Charlie, todos temían enemistarse con él.

A partir de ese momento lo único aceptable en toda la ciudad era el pensamiento oficial, el charlismo. Todo debate complejo se evitaba y acababa reducido siempre a la simple confrontación de dos puntos de vista: dos pensamientos políticos, dos corrientes intelectuales, dos maneras de entender la sociedad y la vida. Hasta las preferencias sobre equipos deportivos o gustos musicales se limitaban a un par de opciones. Se consolidó así la estrategia más inteligente para anular terceras opciones, terceras vías o pensamientos alternativos que pronto eran considerados como extravagantes, minoritarios o utópicos. Sólo existía lo bueno y lo malo, lo correcto y lo incorrecto. La cosmovisión de Charlie y lo demás. Se evitaba, de esta forma, la tentación de explorar soluciones creativas. La posibilidad del disenso constructivo se anulaba.

Como consecuencia de esta manera de presentar la realidad los vecinos de Mega Roma se dividieron muy pronto en dos bandos irreconciliables: por un lado, estaban los incondicionales de Charlie que destacaban la seguridad y tranquilidad de las calles: "seguras como nunca" decían; por otro, los que denunciaban la falta de libertad y el creciente autoritarismo del equipo de Gobierno. Éstos últimos eran rápidamente silenciados y no tenían muchas facilidades para reunirse o para disponer de medios de comunicación y difusión con los que hacer proselitismo y ganar adeptos.

Dividir al pueblo en dos facciones ideológicas o posiciones respecto a cómo organizar la sociedad y la relación del Gobierno con los ciudadanos era el método de manipulación que Charlie utilizaba con gran maestría para fijar a sus adversarios, luchar contra ellos, eliminarlos y de esta forma manejar a su antojo la ciudad: Sólo existían dos caminos, dos corrientes de opinión. No había más que pensar.

Nadie tendría muchas posibilidades de difundir ideas disruptivas o revolucionarias.

Como contraste, Ciudad TV era un potente altavoz para Charlie y sus políticas, la televisión pública emitía programas sin que nadie pusiera coto a sus contenidos o vigilara por mantener su independencia. Las proclamas gubernamentales inundaban toda su programación y el canal era una herramienta más del poderoso músculo propagandístico de Charlie y su cohorte de adeptos. Poco a poco a los partidarios de Charlie se fueron sumando las clases medias, los sectores más conservadores de la población y las asociaciones empresariales cuyos miembros estaban deseosos de estar cerca del poder para obtener ventajas y quizá contratos públicos.

Hacía unos meses que, a primera hora de la mañana, cuando la gente se acababa de levantar e iniciaba sus rutinas diarias, a la hora en que los ciudadanos que todavía tenían su trabajo fuera del domicilio apuraban el tiempo para salir deprisa camino a sus oficinas y centros de producción, CiudadTV emitía un programa llamado "Los Desayunos con Charlie" donde éste explicaba sus ideas políticas y justificaba las iniciativas que pensaba poner en marcha ridiculizando o señalando como traidores y subversivos peligrosos a cualquiera que hubiera osado levantar una bandera crítica o alternativa.

Pero ¿cómo una población tan numerosa y teóricamente bien informada aceptaba convertirse en dócil y manejable sociedad? La respuesta había que buscarla en una de las emociones básicas del ser humano: el miedo. Esa angustia íntima provocada por un peligro real o imaginario. El miedo como herramienta para someter y manejar a la ciudadanía convertida en rebaño que se pliega a la voluntad del pastor, supremo y único protector frente a los peligrosos lobos. La ciudadanía puede ser entonces manejada por los movimientos y ladridos intimidatorios de los entrenados perros del rabadán.

Últimamente Charlie parecía obsesionado con "proteger" la ciudad de "ataques externos" que según él amenazaban la ciudad. Así, iba esparciendo las semillas del miedo. Cada día, desde su privilegiado púlpito, alertaba de cuatro posibles amenazas muy graves que conforme a su criterio acechaban a Mega Roma: la primera, los parásitos digitales, empresas, organizaciones o individuos que desde otras mega ciudades o asentamientos en lugares muy alejados utilizan las infraestructuras de comunicación de la Mega Roma para almacenar grandes volúmenes de información y comerciar con servicios digitales no controlados. Según Charlie, incluso, había quienes especulaban peligrosamente con moneda y valores digitales dependientes del universo económico digital de Mega Roma.

La segunda amenaza, clamaba Charlie, era la población emigrante, proveniente de otras ciudades, de territorios yermos y sin recursos o de los asentamientos espontáneos que empezaban a florecer en los alrededores de Mega Roma. Cada vez con más frecuencia los desgraciados habitantes de esos lugares menos prósperos que Mega Roma creaban rutas de acceso hacia la urbe de sus sueños en busca de una vida mejor.

La tercera amenaza era un posible ataque extraterrestre que llegaría del espacio exterior y la cuarta se refería a la competencia salvaje que empezaban a ejercer otras mega ciudades que se habían desarrollado en varias partes del mundo. Esos cuatro supuestos peligros conformaban el discurso del miedo y la justificación para proponer medidas que de otra forma nunca serían aceptadas por la población.

Respecto a la primera amenaza Charlie argumentaba que los parásitos digitales entorpecían y ralentizaban el tráfico de datos de la ciudad, además, decía, causaban muchos daños a los productores locales de información y perjuicio económico al sistema financiero de Mega Roma. Por otra parte, argumentaba, podían ser un peligroso foco de infección de virus informáticos que podían ocasionar catastróficas consecuencias. Frente a esta amenaza Charlie ofrecía soluciones de control y vigilancia para todo el intercambio de información y cualquier transacción digital. Pretendía blindar todos los protocolos de comunicación y aumentar las restricciones en el uso de las infraestructuras públicas. Igualmente, propuso el desarrollo de un servicio de filtrado de información que eliminaba completamente tanto la libertad como la privacidad en el uso de las comunicaciones digitales.

Algo parecido ocurría con la segunda amenaza, Charlie repetía una y mil veces que los emigrantes consumían los recursos de la ciudad: agua, servicios sanitarios y otros muchos de los que disfrutaba Mega Roma. Charlie decía que para seguir siendo Mega Roma una ciudad floreciente y poderosa, esos recursos debían estar sólo a disposición de los que él llamaba verdaderos ciudadanos. Además, acusaba a los foráneos, de no tener la disciplina y formación de los locales siendo esa la causa de la aparición de problemas de conducta y disciplina cuando se trataba de encajarlos, normalmente sin éxito, en las rígidas rutinas de la ciudad. Por otra parte, debido a su creciente número, éstos aportaban un factor desequilibrante al mercado laboral de Mega Roma, muchos de ellos, acusaba Charlie, estaban creando pequeños negocios fuera del circuito oficial y no podían ser controlados por los agentes fiscales y económicos del Gobierno. Insistía, además, en que sólo él y sus políticas podían garantizar la sostenibilidad del mercado laboral y la calidad de los servicios públicos. En realidad, el miedo de la población a posibles desequilibrios o a la pérdida de beneficios debido a la emigración suponía para Charlie un buen rédito político y una gran ganancia en términos económicos porque sus empresas y acólitos eran siempre adjudicatarios de los grandes presupuestos que se aprobaban para inversiones en tecnología de seguridad y sistemas de control de acceso a la ciudad.

El ataque extraterrestre era otra cuestión, aunque en los últimos meses solía ser la amenaza más utilizada por Charlie, todos los medios de comunicación no dejaban de publicar que cada vez con más frecuencia se producían extraños avistamientos de ovnis. Todos ellos, supuestamente, habrían ocurrido concentrados en un corto período de tiempo y se describían con gran profusión de detalles en todos los canales de comunicación: En uno de estos supuestos avistamientos, contaban, cuatro luces silenciosas se pusieron a girar sobre el edificio más alto de Mega Roma y después, alineándose, se dirigieron hacia la gran cúpula que corona la torre de ese gigantesco edificio construido para celebrar los primeros 25 años de gobernación de Charlie y sede actual del Gobierno y el Senado de la ciudad. En otro imaginario suceso, probablemente el más difundido por los medios, una supuesta nave no identificada, triangular y con una extraña estela roja posterior a modo de bengala, se mantuvo media hora suspendida en el aire sobre esa misma torre, para después iniciar un vuelo vertical a gran velocidad hasta que se perdió de vista en las alturas. En el último incidente reseñado, los medios afines a Charlie narraron que un objeto de forma lenticular navegó a poca velocidad y mostró gran aparatosidad de luces con tonos brillantes y cambios de estas. Describieron que se mantuvo así durante varios minutos hasta que aparecieron otros tres objetos con diferentes niveles de vuelo, para desparecer después todos ellos con trayectorias extrañas y armónicas. La prensa, la televisión y las redes sociales se hicieron amplio eco de estos supuestos fenómenos con gran cantidad de imágenes y testimonios. Algunos perfiles en las redes sociales, en realidad *bots* controlados por el equipo de comunicación del Gobierno, afirmaban, incluso, haber visto algún tipo de armamento asomar por la parte inferior de las presuntas naves extraterrestres. Nadie comprobó científicamente la realidad de los sucesos, nadie analizó con rigor las imágenes y videos publicados ni se aseguró de la veracidad de los testigos. Por supuesto, cuando finalmente descubrieron que todo podría ser consecuencia natural de fenómenos ópticos, meteorológicos o incluso el resultado de experimentos armamentísticos realizados por el ejército de Charlie nadie dio las pertinentes explicaciones ni desmintió las falsas informaciones difundidas con anterioridad. Después de dar pábulo y cobertura informativa a la interpretación fantástica de los hechos, los voceros de Charlie empezaron a propagar la más inquietante y alarmante de las ideas: la ciudad de Mega Roma se encontraba en inminente peligro de invasión y ésta se llevaba gestando y preparando desde hacía ya varias décadas, todos ellos proclamaban la verdad de los indicios, ya concluyentes, y la veracidad de las pruebas obtenidas en la supuesta investigación imparcial de los hechos. De esta forma desarrollaron y fundamentaron toda una interpretación sesgada e interesada, un relato que beneficiaba a los intereses de Charlie.

Esta técnica, la invención de un relato oficial adecuado a los intereses del Gobierno, ya la habían practicado con anterioridad y sabían de su eficacia. La habían utilizado, por ejemplo, reescribiendo la Historia de la ciudad a la que otorgaron un pasado repleto de orígenes místicos casi divinos. Así diseñaron para Mega Roma un pasado de gloria y esplendor, se fabricaron leyendas y héroes singulares, se tergiversaron hechos y se inventaron hazañas alimentando de este modo una verdad oficial, la única verdad, el relato políticamente correcto que se cinceló firmemente en el alma de cada ciudadano y se terminó de anclar en lo más profundo de la mentalidad colectiva de la sociedad con multitud de piezas literarias, películas, canciones y cuantas manifestaciones artísticas supuestamente independientes los artistas y creativos al servicio del Gobierno concibieron y pensaron a la medida del fin último buscado: eliminar cualquier posibilidad de disidencia, de aparición de un pensamiento crítico o una corriente librepensadora más allá de las interpretaciones oficiales y políticamente correctas.

Sólo existía un relato, singular y verdadero, al servicio y a la mayor gloria del régimen de Charlie.

En la cuestión de los ovnis la versión oficial difundida insistía en que una fuerza extraña procedente del espacio exterior perteneciente a una civilización agresiva y depredadora se preparaba para invadir Mega Roma con el propósito de apropiarse de su tecnología y recursos. Esa idea caló con facilidad entre la población, y desde la posición dominante del Gobierno de Charlie se alimentó todo un imaginario de desastre y destrucción que previsiblemente causarían los invasores, un escenario interesado y fabricado para obligar al pueblo a seguir determinados comportamientos y a aceptar reglas, leyes y decisiones. Con total seguridad, decían, la invasión sería apoyada por elementos traidores y subversivos que ya habitaban ocultos en Mega

Roma como si de una "Quinta columna" se tratara. En poco tiempo esta idea estuvo tan extendida que incluso se organizaron unidades de autodefensa rápidamente financiadas, equipadas y apoyadas por el equipo de Gobierno. Estas unidades se encargaban de investigar al vecino, al amigo o al compañero y denunciaban cualquier comportamiento extraño o actitud que consideraran antigubernamental. Todo el mundo era sospechoso y cualquiera podía ser investigado. Para ello, el Gobierno ordenó la creación de una unidad militar especial que muy pronto sería conocida como "la MRT", dedicada en exclusiva a descubrir enemigos ocultos e infiltrados. MRT eran las siglas doradas que llevaban bordadas en su uniforme militar y hacían referencia a su lema: "Mega Roma Triunfará". Los "comisarios de Charlie", como eran conocidos por la población, funcionaban como una unidad de inteligencia e información bien equipada y entrenada, Muy pronto serían conocidos por su ciega lealtad a Charlie y por su extrema violencia. Estos "guardianes de la ciudad" empleaban cualquier medio para conseguir sus objetivos: allanamientos, detenciones, palizas, secuestros y torturas. Sin embargo, sus acciones no se cuestionaban.

Al menos abiertamente.

En toda la ciudad, fruto del miedo y la manipulación informativa bullía un espíritu "patriótico" que Charlie aprovechó para proponer y llevar a cabo sin oposición sus costosos programas militares.

Aprovechando ese latir" patriótico" y su artificialmente creada necesidad de protección y defensa, Charlie pudo impulsar y financiar el desarrollo y despliegue de avanzadas cúpulas de protección para los edificios, dotadas de inteligencia artificial y equipadas con potentes antenas conectadas a un sofisticado equipamiento de radioescucha e intervención de las comunicaciones. Este sistema, instalado en la mayoría de las azoteas significó el fin del derecho a la propia intimidad, nada se podía escapar al fino "oído de Charlie": conversaciones privadas en el hogar, mensajes a través de internet o dispositivos móviles, órdenes dadas a los asistentes personales, consultas y compras en la red, visualizaciones de archivos y actividad en las redes sociales. Toda información obtenida en esos medios se registraba, se procesaba y se analizaba. Si el "cerebro" encontraba algún indicio de rebeldía o resistencia frente a la autoridad gubernamental los "comisarios de Charlie" actuaban.

Otro hito en la política de Defensa de Charlie, impulsado para mayor seguridad y protección de la ciudad, fue la creación de un numeroso y bien equipado ejército con la mejor unidad de intervención rápida del planeta, perfectamente entrenada y leal por completo a su persona.

Charlie actuaba como los antiguos emperadores romanos: le gustaba sentirse protegido de sus cohortes pretorianas y apoyado por un poderoso ejército.

Él sólo confiaba en su guardia personal, tenía miedo a la traición cercana y a la posible eclosión desde las entrañas del pueblo de alguna corriente de pensamiento que pudiera cuestionarle y se volviera peligrosa.

Todos eran sospechosos y cualquier indicio de contestación hacia él debía ser aniquilado sin dejar rastro o vestigio de su existencia. No quería correr riesgos.

El poder le obsesionaba y era tan numerosa su red clientelar de fieles y el enjambre de aduladores que le rodeaba que se veía a sí mismo como el hombre más poderoso del Universo.

Sin embargo, por todo el planeta habían surgido otras mega ciudades similares a Mega Roma. La competencia comercial y la guerra por la hegemonía mundial no se establecía ya entre territorios o naciones, sino entre ciudades. En ellas era donde se encontraban los principales actores de la comunidad global como las empresas, los centros de investigación y el poder financiero. De hecho, las empresas elegían el lugar donde instalar sus infraestructuras teniendo en cuenta la mega ciudad que ofrecía mejores condiciones y ventajas para su emplazamiento y desarrollo. El 70% de la población mundial vivía en ciudades y era en ellas donde se concentraban los recursos, la industria y los mercados.

Hacía años que las principales mega ciudades de La Tierra habían firmado un protocolo de colaboración denominado "mordaza" mediante el cual se comprometían a compartir los avances tecnológicos y a colaborar en los sistemas de control social. Gracias a "mordaza" la posible competencia entre ciudades nunca podría significar una oportunidad para que los ciudadanos recuperaran su libertad y sus derechos. Todas las ciudades del mundo unían sus fuerzas y recursos para que el nuevo orden mundial surgido del caos y la destrucción de finales del siglo XXI perdurara por lo menos 2000 años mas.

CAPITULO 2. LUIS DURET

Mega Roma estaba bien posicionada frente a otras mega ciudades y parte de ese éxito era responsabilidad de Luis Duret, experto en la aplicación de la metodología de innovación abierta. Desde su fundación Mega Roma apostó siempre por la innovación en su política de desarrollo. En los últimos años, al contrario que su Gobierno, paternalista y opaco en su tarea administrativa, las empresas que allí se instalaban crecían y se expandían aplicando una avanzada metodología de innovación abierta. Con ella conseguían una alta eficiencia y gran productividad, de este modo podían utilizar técnicas e ideas disruptivas para conseguir rápidos crecimientos y óptimos resultados. Esas ideas eran sugeridas normalmente por el propio ecosistema donde operaba la empresa y surgían de las inquietudes de sus clientes, socios, proveedores y empleados. La filosofía que inspiraba esa metodología estaba clara: un generoso esfuerzo para crear entornos de trabajo y colaboración donde, además de fomentar la creatividad, fuera prioritario la calidad de vida, la sostenibilidad y la sabia gestión de los recursos con el propósito de obtener los mejores resultados posibles. Luis Duret, profesional de gran prestigio y reconocida experiencia, había probado la eficacia de esta metodología. La idea original de Luis Duret, pionero y evangelista de la misma, era trasladarla a la gestión urbana y a las tareas de Gobierno. Esa fue la intención, al menos en un principio.

Hasta que llegó Charlie.

Charlie sólo creía en los viejos métodos y paradigmas: "el jefe siempre tiene razón", "mi departamento de Investigación y Desarrollo es el mejor del mundo" y "el jefe es el visionario que todo lo inspira" frente a lo defendido por Luis Duret, Los nuevos paradigmas: "el mundo es el mejor departamento de Investigación y Desarrollo", "el jefe es un coordinador motivador" y la "innovación es la fuente de la inspiración".

Luis Duret, era un tipo peculiar, experto tecnólogo y especialista en inteligencia artificial, Redes Sociales y Big Data, había trabajado con éxito en el desarrollo de varios sistemas y aplicaciones cuya intención inicial era mejorar la vida ciudadana. Entre sus logros se encontraba, por ejemplo, el Sistema inteligente de regulación del tráfico urbano, SIRTU, un claro ejemplo de tecnología aplicada para la mejora de las condiciones de vida. La idea era muy simple pero increíblemente útil: un supercomputador recogía y analizaba la información facilitada por los 9.980.000 sensores y cámaras de video repartidos por toda la ciudad. Estos pequeños instrumentos registraban los índices de contaminación del aire, los niveles de ruido, la densidad de vehículos circulando, el número y localización de vehículos estacionados, la cantidad de personas que cruzaban por un semáforo concreto en un momento determinado o las que esperaban bajo las marquesinas en las zonas de parada del trasporte urbano. Todos estos datos y otros miles de parámetros mas también recogidos a pie de calle conformaban el latir de la ciudad en tiempo real. La enorme capacidad de proceso del sistema cruzaba y relacionaba, también en tiempo real, toda esa información recogida con la obtenida del análisis semántico e inteligente de todos los tuits y mensajes de "guasap" que los ciudadanos enviaban antes, durante y después de las horas punta. También se analizaban las consultas realizadas en esos periodos de tiempo en los buscadores de Internet. Con toda esa información un avanzado programa de inteligencia artificial decidía la secuencia de cierre y apertura de semáforos, en su caso, el bloqueo de calles o la habilitación de carriles adicionales regulando simultáneamente todos los recursos del trasporte público por si hiciera falta reforzar alguna línea o servicio. El algoritmo era tan avanzado que, bajo determinadas circunstancias, era capaz de lanzar la orden para interferir todos los programas de televisión y radio con la intención de emitir algún anuncio de publicidad o información que pudiera influir en el flujo de gente hacia uno u otro lugar según los intereses de cada momento.

En una ocasión, por ejemplo, el sistema llegó a anunciar en los canales de televisión y radio de más audiencia de Mega Roma la celebración de un concierto gratuito en la zona Sur de la ciudad a una hora determinada sólo con el propósito de descongestionar el tráfico de la zona Norte, dado que allí se celebraba un evento deportivo de máximo interés. Ni que decir tiene que este sistema era todo un éxito y a la gente no le importaba perder parte de su intimidad si disfrutaban de alguna ventaja, en esta ocasión, tener un tráfico menos caótico. Sin embargo, el sistema se volvió peligroso para la libertad y el derecho a la privacidad de los individuos cuando Charlie, en una segunda fase de desarrollo y ampliación del sistema, consiguió añadir a sus características, nuevamente con la excusa de la seguridad, la capacidad de reconocimiento facial. A partir de ese momento se podían saber los movimientos realizados por ciudadanos concretos durante determinados periodos de tiempo, también se podían identificar con exactitud qué personas acudían a un evento o lugar determinado y cuándo lo hacían.

Luis Duret también había conseguido culminar con éxito otras ideas y proyectos que significaron grandes avances en la obtención de recursos o en la organización de éstos, como las explotaciones agroalimentarias en vertical, las fachadas vegetales regeneradoras del aire de la ciudad y el despliegue de los almacenes aéreos, hacia donde miles de drones volaban constantemente para efectuar el depósito de millones de toneladas de materiales, bienes y mercancías. Bajo demanda, otros tantos drones procedían a la recuperación y posterior distribución entre los consumidores, clientes, los usuarios o los compradores de lo almacenado. Estos globos - almacén de gigantesca capacidad suponían una mayor disponibilidad y mejor aprovechamiento de los espacios de almacenamiento, así como una rapidez y eficacia en la disponibilidad y posterior reparto de los bienes almacenados nunca experimentadas en la Historia de la humanidad. Muchos de esos globos fueron en principio propiedad de grandes compañías comerciales y del sector de la mensajería como Amazon o Fedex, pero cada vez con más frecuencia se podía disponer de un globo - almacén para usos particulares mediante su simple registro en el correspondiente departamento gubernativo.

Luis Duret era una persona inquieta, amante de la Historia anterior a la primera revolución digital, de la poesía, el cine en blanco y negro y la literatura clásica.

Su afición principal era buscar en la inmensidad de la Red archivos digitalizados de antiguos medios de comunicación que estaban en desuso y permanecían arrinconados desde hacía muchos años, perdidos en viejos servidores olvidados, pero todavía operativos.

Luis Duret buscaba esos servidores, los encontraba y conseguía siempre el acceso a los mismos dado que tenía un talento especial para ello, fruto de un sólido conocimiento en sistemas de seguridad y a un pasado repleto de aventuras y relaciones con los más afamados "hackers". De esta forma pasaba días enteros superando contraseñas y protocolos de seguridad, accediendo a los servidores más impermeables y navegando entre sus ficheros buscando información relevante. Su afición se convirtió pronto en obsesión y enseguida amplio su campo de búsqueda e inmersión digital a antiguos archivos y servidores oficiales. Se encontró así muchas veces de frente con la verdad histórica, sin relatos inventados ni florituras, con los hechos tal cual habían ocurrido. Así poco a poco descubrió muchas verdades desnudas y se reafirmó en una posición independiente de cualquier corriente política pasada o presente.

En su vida profesional Luis Duret había estado varios años trabajando para varias empresas importantes de la ciudad y para el Gobierno hasta que comenzó a preocuparse por el uso y abuso que se hacía de la tecnología. Se interesó entonces por otro tipo de proyectos. Muy pronto su pasión por la verdad, la política y por la tecnología humanizada y amigable le condujeron a teorizar y trabajar sobre sistemas que permitieran la participación ciudadana y por tanto el desarrollo de lo que él denominaba "inteligencia colectiva". Estaba convencido que por ahí se iniciaba el camino hacia su objetivo prioritario: construir una ciudad verdaderamente más inteligente y por tanto más humana y justa, constituyendo además un nuevo sistema de organización política, un nuevo orden que él había denominado "Democracia Avanzada", donde se estimularía la aportación de ideas por parte del ciudadano para alimentar así a una organización basada en grupos de interés capaces de llevar esas ideas a una posterior discusión y análisis hasta llegar a ser decisiones de Gobierno. En definitiva, canales de participación para valorar ideas y las opciones de cómo llevarlas a buen término a través de técnicas como *Design Thinking*. Pero muy pronto se dio cuenta que el principal escollo para alcanzar esa Democracia Avanzada era la carencia de dos condiciones necesarias y pendientes de alcanzar en el Gobierno de Mega Roma: trasparencia en los datos administrativos y protocolos de acceso universal a los mismos con mecanismos establecidos de colaboración entre instituciones y entre éstas, las empresas y los ciudadanos.

Esa búsqueda constante de un sistema político más justo y racional tenía sus fundamentos en la historia personal de Luis Duret: desde los comienzos de su vocación política, se había resistido a pensar que la Democracia tradicional, minada desde su aparición por la demagogia, no pudiera evolucionar hacia un sistema que diera óptimos resultados y que fuera mucho más equilibrado. A menudo, se lamentaba y frustraba porque esa misma vieja democracia, herida de muerte por la proliferación de partidos políticos corruptos en el siglo XX, no hubiera sabido aprovechar, para su regeneración y mejora, las posibilidades tecnológicas que empezaron a consolidarse en el siglo XXI. Él no se conformaba con "el "sistema político menos malo", él ansiaba "el mejor de los sistemas posibles."

Para conseguirlo, Luis Duret había estudiado a fondo las pioneras iniciativas de marketing fruto de la innovación abierta y de las primitivas soluciones de la "economía colaborativa" y aunque muchas de éstas acabaron fracasando debido a la presión empresarial sobre el poder político, él intuía que en su filosofía primigenia podían encerrase algunas claves para la participación ciudadana, la igualdad y la justicia social, él estaba convencido de que los ciudadanos comenzarían a implicarse en un proyecto común y en el Gobierno de la sociedad cuando percibieran que, de verdad, eran tenidos en cuenta. Para conseguir llegar a esta Democracia Avanzada habría que eliminar aquel problema que un día vislumbró y dar por tanto un importante paso previo: conseguir la total trasparencia, esto es, abrir todos los datos de la Administración de la ciudad a todos los ciudadanos y grupos interesados en trabajar con ellos. De esta forma, con toda la información al alcance de todos se podrían establecer discusiones y debates verdaderamente constructivos. Luis Duret, claro está, incluía en esta apertura de datos la publicación de cualquier archivo histórico con ficheros relativos a la ciudad, su génesis y su posterior desarrollo; él no podía olvidar los esfuerzos que habían hecho sus antepasados en los heroicos intentos de alcanzar una sociedad más justa. Tampoco podía olvidar los fracasos que habían tenido lugar y las manipulaciones orquestadas desde el poder de los hechos históricos.

Hasta ese momento, Luis Duret sólo teorizaba y se preparaba a conciencia. Ocasionalmente lideraba alguna pequeña acción de insurgencia y de difusión de sus ideas, él sabía que llegaría el día de tomar decisiones y quién sabe si participar en acciones más radicales encaminadas a conseguir sus objetivos.

En ese largo camino preparatorio Luis Duret no estaba solo, le acompañaban un reducido grupo de personas, inquietas como él, con sus mismas aspiraciones y que eran capaces de comprometerse con una causa noble hasta las últimas consecuencias.

Gracias a los conocimientos de Luis Duret todos los movimientos del grupo de "insurgentes" eran realizados con la máxima discreción y muy alejados del ojo inquisidor de Charlie.

CAPITULO 3. LA LLAMADA DE CHARLIE

Luis Duret, como todos los hombres y mujeres que alguna vez habían destacado en Mega Roma, había sido objeto de una investigación por los sabuesos del Gobierno y su perfil, datos y circunstancias habían sido debidamente registrados y clasificados por los servicios de seguridad. Nada encontraron en su contra más allá de una inocente militancia juvenil en un grupo que propugnaba el humanismo. Sus lemas: "El hombre como portador de valores eternos", "La Patria es el otro "y "donde hay una necesidad hay un derecho" no preocuparon en exceso a los comisarios de Charlie sino todo lo contrario, pensaron que sólo era un pobre romántico mas, un nostálgico o un soñador. No obstante, le tenían siempre discretamente controlado. Una mañana, meses después de cerrarse esa investigación y con gran sorpresa para Luis Duret, recibió un mensaje proveniente del despacho de Charlie.

Una voz robotizada le informó del deseo de Charlie de reunirse con él a la mayor brevedad posible en su despacho de la Torre Gran Charlie, sede solemne de la Presidencia. Según la voz, Charlie había leído uno de sus escritos sobre soluciones colaborativas y le invitaba por esa razón a una sesión de trabajo para que le hiciera una presentación monográfica y personal de sus ideas, concretamente sobre "inteligencia colectiva", sobre su posible impacto en el Gobierno de la ciudad y las tecnologías que soportaban su génesis y posterior desarrollo.

¿Presentar a Charlie el posible desarrollo y alcance de la inteligencia colectiva? ¿Hablar sobre la base y los fundamentos tecnológicos de la Democracia avanzada? Sin duda era una oportunidad, pero también un riesgo. Luis Duret reflexionaba sobre ello y tenía muchas dudas, sobre todo, una fundamental: acudir o no acudir a la llamada de Charlie. Todos conocían las salidas de tono de Charlie y lo despótico de su carácter. Por otro lado, rechazar una llamada de Charlie podía acarrearle también serios problemas.

Finalmente, Luis Duret tomó una decisión: tenía que hacerlo, acudiría a ver a Charlie, se lo debía a sí mismo y al pequeño grupo de hombres y mujeres que compartían con él su trabajo y sus ideas: el sueño de una sociedad más democrática, justa y solidaria, donde el centro de la política fuera la persona, donde el Gobierno fomentara y tuviera en cuenta las ideas que surgen del pueblo, donde se considerase, además, que "si hay una necesidad, hay un derecho".

Tenía que ir., Así que confirmó su asistencia en su agenda personal integrada en un dispositivo de pulsera que agrupaba también las funcionalidades de reloj, asistente personal y consola de control de múltiples dispositivos inteligentes. Esa pequeña prenda personal era la piedra angular para la interconexión y coordinación de todos los objetos que funcionaban en su universo IOT (*internet of things*). De inmediato, la alarma de la agenda comenzó a emitir señales acústicas para informarle que la reunión a la que le invitaba Charlie se celebraría en apenas cinco horas y que teniendo en cuenta su posición actual el tiempo estimado para recorrer la distancia que le separaba del lugar de reunión era de aproximadamente tres horas. Luis Duret se puso en marcha, se aseó y se duchó con rapidez para luego ordenar a su robot mayordomo que cogiera la ropa que pensaba ponerse para la ocasión:

— Polo negro de cuello alto y pantalón gris, Tom. Así llamaba a su mayordomo digital.

— De inmediato, Luis, Contestó el robot, un pequeño aparato con ruedas, brazos móviles, una bandeja y cesta de trasporte en su parte delantera.

Éste, sin hacer mucho ruido, se activó y se dirigió al armario de la habitación. Las puertas del guardarropa se abrieron automáticamente al detectar sus sensores la presencia cercana del mayordomo electrónico que recogió en su cesta de trasporte los artículos solicitados por Luis Duret para depositarlos después, raudo y con delicadeza, sobre la cama del dormitorio.

Luis se vistió y se dirigió a la cocina para acabar su desayuno todavía sin finalizar, interrumpido hacia unos momentos por el mensaje de Charlie y la posterior insistencia de su agenda. Acabó con rapidez un zumo de frutas antárticas y los dos panecillos que solía tomar cada mañana elaborados con harina orgánica de insectos de factoría manipulados genéticamente para mejorar su sabor y aspecto. Luis Duret finalizó su desayuno sin prestar atención al monitor de televisión ni al busto cotidiano que en ella continuaba lanzando soflamas y consignas. Como estaba perfectamente aseado y vestido se preparó para salir sin seguir esta vez una de sus rutinas habituales: después del frugal desayuno solía pasar un par de horas en el gimnasio virtual que tenía en casa, allí no había aparatos físicos ni pesadas máquinas pero sí había unas grandes pantallas integradas en la decoración de pantalla ultra fina y flexible que le indicaban los ejercicios a realizar mientras unos diminutos sensores detectaban todos sus movimientos y sus parámetros físicos para enviar toda esa información al cerebro del sistema que, evaluando todos los datos, elegía en consecuencia nuevas rutinas y ejercicios. Con sólo su simple y multifuncional pulsera y sus movimientos podía activar un completo equipamiento virtual que era mucho más eficaz que aquellos antiquísimos y tradicionales objetos de entrenamiento personal que ya sólo se podían ver en películas, documentales o videos subidos a la red por coleccionistas friquis. Además, el gimnasio virtual tenía la ventaja que al acabar su sesión de entrenamiento el gimnasio se desactivaba y todo desaparecía de su vista sin ocupar nada de espacio. Ese día no había mucho tiempo para ejercicios ni para tablas de entrenamiento, ese día la prioridad era la reunión con Charlie, así que se preparó mentalmente para relajarse y ordenar sus ideas, recogió su tableta de última generación y un pequeño proyector inalámbrico, comprobó que todo estaba en orden e inició la marcha hacia la salida del hogar. No necesitaba nada más, en la puerta de su domicilio, antes de abrirla, pulsó el icono de "*mivehículo*" en su pulsera inteligente y salió de casa.

Los sensores del hogar detectaron al instante su salida y el ordenador que controlaba la vivienda activó las rutinas para mantener el consumo energético al mínimo y poner en marcha los pequeños robots que iban a limpiarla durante su ausencia.

Había quien opinaba que con esta forma de actuar existía el riesgo de que el Gobierno pudiera intervenir en el control domótico del domicilio y, por tanto, conocer en cada momento quién estaba en su vivienda y quién no. Nadie prestaba atención a esa posibilidad, el beneficio del hogar domótico era tan grande que lo más cómodo era no pensar ciertas cosas, la población vivía ajena a los posibles peligros de la tecnología mal utilizada.

Mientras Luis Duret bajaba en el ascensor la petición de vehículo antes seleccionada había iniciado el protocolo de solicitud de su automóvil y, por tanto, un sofisticado sistema de plataformas móviles distribuidas por en el interior del edificio se había puesto en marcha al tiempo que el motor del coche autónomo propiedad de Luis Duret se había encendido y, casi en silencio, el moderno automóvil impulsado por baterías eléctricas de se había dirigido hacia la plataforma más cercana a su plaza de estacionamiento, así podría salir del parking en altura y esperar a Luis Duret a las puertas del edificio.

Minutos después, en la calle, frente a la puerta principal del rascacielos donde vivía Luis Duret se encontraron, puntual y perfectamente coordinados, el flamante coche urbano y su propietario. Era un coche de última generación, híbrido, de pila de hidrógeno y eléctrico, capaz de generar el hidrógeno a partir de agua almacenada en su depósito y con un mínimo consumo eléctrico, Las baterías se recargaban a su vez aprovechando el movimiento y las frenadas del coche. No obstante, el vehículo apareció con las baterías eléctricas completamente cargadas porque mientras estuvo estacionado en su plaza de aparcamiento en altura un mecanismo inteligente de carga se ocupó de recargarlas sin necesidad de cables. El coche estaba impecable. En realidad, siempre aparecía así porque en el proceso de salida, a su paso por una de las plataformas, se le hacía un lavado automático optimizando, por supuesto, consumo de agua y energía.

Luis Duret subió al coche y en cuanto se hubo acomodado en uno de los asientos delanteros el sistema automático de ajuste ergonómico comenzó a registrar datos: su temperatura corporal, sus pulsaciones y el ritmo de su respiración, con esa información y con el perfil personalizado que la pulsera de Luis había trasmitido al ordenador del coche, el habitáculo de éste se reguló a la temperatura adecuada, con la iluminación interior correcta y los asientos posicionados como correspondía al peso y altura de Luis Duret. En el sistema de audio del coche comenzó a sonar una canción de las disponibles en el vehículo adecuada a los parámetros corporales registrados: presión sanguínea, pulsaciones y estado de ánimo. El estado de ánimo se deducía de la interpretación de los micro gestos del de los pasajeros registrados por una pequeña cámara integrada en la parte anterior del techo del vehículo.

Ese modelo era capaz, además, de leer las ondas cerebrales de cualquier persona sentada en cualquiera de los asientos del coche y a partir de esa información seleccionar una música adecuada a la situación en cada momento. El coche de Luis Duret pertenecía a una generación ya donde el sistema de audio todavía seleccionaba las canciones de entre sus listas preferidas de una aplicación en red, heredera de las primitivas Spotify y el ya obsoleto itunes. En esta ocasión Sonaba "The Wall", canción de Pink Floyd y para Luis Duret todo un himno, sin duda, una de sus preferidas.

En el próximo modelo que ya se anunciaba, el propio vehículo sería capaz de crear melodías inéditas en función de todos los parámetros recogidos.

Los próximos modelos, se anunciaba también, podrían circular por el aire.

En la pantalla táctil de 15 pulgadas, situada en el centro de lo que en los antiguos coches del siglo XXI era un volante y ahora un ergonómico soporte para un avanzado sistema de control e información multimedia, se podía leer claramente:

Destino: Torre Gran Charlie.

Ocupante: Luis Duret

Dirección de destino: Avenida Charlie Pérez.

Distrito gubernamental.

¿Comenzar viaje?

1.- SI

2.- NO

El coche estaba ya completamente preparado para rodar hacia el destino elegido. Ta solo pulsando la opción correspondiente en la pantalla o mediante una sencilla orden de voz el vehículo se pondría en marcha y sabría dónde ir y cómo ir. No podía ser de otra forma, cuando Luis Duret hizo la petición del coche desde su pulsera el sistema requirió que indicara el destino deseado, a partir de ahí, el programa de navegación se conectaba al SIRTU y teniendo en cuenta destino y toda la información recogida por SIRTU, el coche planificaba su circulación por la ruta más eficaz para todos, para el solicitante y para la ciudad.

Esta mecánica, repetida una y otra vez en todos los vehículos de la ciudad facilitaba al sistema información exacta de todos y cada uno de los desplazamientos que se iban a realizar. Así se retroalimentaba el cerebro de SIRTU y aumentaba su eficacia. De nuevo, toda la población confiaba en que se hacía buen uso de tan ingente información y suponía que nadie utilizaría las posibilidades del sistema y todo lo que en él se almacenaba para invadir la intimidad de sus usuarios o para otros fines inconfesables. Algunos ciudadanos alcanzaban a pensar que existían riesgos, por supuesto, pero los beneficios obtenidos eran tales que nadie se detenía nunca a pensar en ellos.

Luis Duret presionó SI en la pantalla táctil y el coche inició la marcha con suavidad. El desplazamiento era fluido con muy pocas detenciones, muy agradable y con la música ambiental invitando a la relajación.

Sonaba en ese momento "*El sitio de mi recreo*", evocadora canción de Antonio Vega y otro himno para Luis.

La música es interrumpida sólo en alguna ocasión por una locución publicitaria.

– *¡Atención!*

– *¡Publicidad!*

– *Estamos a menos de 500 metros del restaurante Sahara, en su carta figuran: las anchoas doble cero, el carpaccio de pulpo, chipironcitos con arroz, el tataki de atún y la tabla de quesos gourmet.*

– *En la carta de vinos figura el vino tinto La Vieja Zorra elaborado con la variedad de uva rufete.*

– *La puntuación media del restaurante por parte de otros usuarios es de 4,7 sobre 5. En el local existen facilidades para personas con movilidad reducida y tienen todavía mesas libres para comer o cenar esta noche. ¿Qué desea hacer?*

UNO: Reservar

DOS: Descartar

TRES: Almacenar sitio en memoria

CUATRO: Continuar

Estas locuciones publicitarias se generaban teniendo en cuenta la posición del vehículo junto a las preferencias y a los intereses de todo tipo introducidos por Luis Duret en el ordenador a bordo del vehículo. De este modo se creaba una publicidad reactiva mucho más eficaz que la interactiva o la convencional.

Luis Duret eligió "continuar" y siguieron camino, "no es día de festejar nada", pensó, al menos no todavía.

En apenas hora y media llegaron a la torre Gran Charlie y el coche avanzó hasta una entrada para vehículos con barrera de acceso que se abrió automáticamente a la llegada del coche, dándole paso hacia una plataforma elevadora que lo llevaría a un parking en altura donde se encontraba su plaza de aparcamiento previamente asignada. Segundos antes varias cámaras y escáneres de reconocimiento, situados nada más llegar al acceso principal, habían identificado la matrícula del vehículo y habían trasmitido los datos al cerebro del edificio, para, a continuación, una vez hechas las comprobaciones de seguridad pertinentes, proceder a ordenar la apertura de las barreras correspondientes y a la asignación de una plaza de aparcamiento, cuya posición exacta se notificaba al ordenador del coche para guiar su recorrido. Todo este proceso de comprobación duraba apenas un segundo debido a la eficacia de las cámaras y a la capacidad de cálculo del ordenador de la torre. Pasaron después unos minutos realizando un trayecto optimizado por varias plataformas elevadoras y algunos garajes en altura hasta que, una vez detenido el coche en la plaza de aparcamiento correcta, se abrieron las puertas del vehículo y Luis Duret pudo apearse del mismo. Un robot de no más de medio metro de altura, con ruedas en su parte inferior y una luz rotativa azul coronando su metálica cabeza le aguardaba en la plaza de aparcamiento, exactamente a un par de metros del lugar donde se estaba apeando Luis.

       □ *¿Señor Luis Duret? Le esperan, soy su guía en el día de hoy.*

Una voz computarizada pero sorprendentemente humana, clara y amable salía del robot.

       □ *Haga el favor de seguirme y le llevaré hasta el despacho del Súper intendente Carlos Pérez, lugar donde se celebrará la reunión que ustedes tienen acordada.*

—   *Si es tan amable, haga el favor de ponerse este distintivo en un lugar visible, es imprescindible para continuar nuestro recorrido y conveniente para su seguridad.*

En esos momentos de una pequeña abertura iluminada en la parte frontal del robot-guía asomó una pegatina que Luis Duret cogió y se puso obedientemente en el pecho.

La pegatina era en realidad una pequeña pantalla de video de 9 pulgadas sorprendentemente ligera, con el grosor de una hoja de papel y con su lado posterior impregnado de una sustancia adhesiva. En la pantalla se podía ver la foto de Luis Duret, su nombre, la razón de su presencia allí, la hora de entrada a la torre y un contador horario del tiempo de permanencia en la misma. La pegatina era al mismo tiempo una baliza de posición y un pequeño y ligero intercomunicador digital que podía establecer comunicaciones de video conferencia con los servicios de seguridad y recepción del edificio.

El robot inició la marcha y Luis Duret lo siguió. A cada instante el guía adecuaba su velocidad al ritmo de paso de la persona guiada. De esta forma era muy fácil seguirlo. Sin duda alguna la baliza trasmitía continuamente la posición del huésped al robot y éste no permitía que la distancia entre ellos fuera exagerada y tampoco que se acortara en demasía. La máquina siempre permanecía a unos dos metros de distancia.

Así, avanzaron los dos por un par de pasillos largos y muy bien iluminados, subieron en ascensor a lo que parecía ser la planta 100 y recorrieron finalmente un último y sugerente pasillo en cuyas paredes había colgadas grandes fotografías en blanco y negro luciendo imponentes bajo una cuidada iluminación. Allí figuraban, en sus años de esplendor y gloria: Steve Jobs, Mark Zuckerberg, Jeff Bezos, Warren Buffet, George Soros, Larry Page, Sergei brin y Charles Ranlett Flinty. La iluminación y los marcos de las fotos, elegantes y minimalistas, junto a los selectos retratos creaban en el pasillo una atmósfera que pretendía a la vez rendir culto a los personajes allí mostrados y servir de inspiración al visitante.

En seguida llegaron, robot y visitante, frente a la que sin duda era la puerta del despacho de Charlie, se distinguía claramente por el arco luminoso de defensa que protegía todo su contorno. Sin duda era el sistema de seguridad más efectivo, cuando se activaba, su luz azulada se tornaba roja y entonces ningún elemento físico era capaz de atravesarlo puesto que eran desintegrados al intentarlo.

Robot y huésped esperaron un instante frente al arco luminoso azul en medio de un inquietante silencio. Luis Duret intentó calmar sus nervios. De repente se abrió la puerta con un breve chasquido, el arco cambió su tonalidad de azul a un verde intenso y otra vez la voz proveniente del robot guía indicó lo que se debía hacer.

□ *"Señor, ya puede pasar, que tenga una productiva reunión.*

Luis Duret respiró hondo, echó un último vistazo al robot y se decidió a entrar.

Era un despacho imponente, muy amplio y de grandes ventanales desde los que podía verse toda la ciudad perderse en el horizonte. Una gran mesa de madera maciza presidía la sala y tras ella estaba Charlie sentado en un gran sillón ergonómico que le envolvía casi por completo. Sobre la mesa decenas de papeles desordenados y varias tabletas junto a lo que sin duda era un centro de control y comunicaciones con cuatro pantallas planas y varios indicadores.

Detrás de él, en la pared, destacaba un cuadro con el escudo de la ciudad, en el que se distinguían claramente sobre el blasón, los trazos de las siete torres que fueron el origen de la ciudad. Sobre ellas flotaba la representación del ojo de Horus, Udyat, símbolo solar del orden, del estado perfecto y de la estabilidad cósmico-estatal.

Luis Duret continuó observando cada detalle del despacho y reparó en una gran fotografía en blanco y negro de tamaño y estilo similar a las que había visto en el pasillo. Ocupaba una gran parte del lateral de la habitación entre dos grandes ventanales. En esta ocasión la imagen era la de Henry Ford posando junto a uno de sus primeros automóviles Ford T. Debajo de la fotografía, en letras de oro, se podía leer una frase del innovador constructor de coches: "Si hubiera preguntado a las personas, me hubieran pedido caballos más rápidos". Luis Duret se quedó pensativo mirándola. La voz de Charlie le hizo reaccionar:

    ☐ *Vamos a ver, empecemos que no tenemos todo el día. Parece ser que eres un experto en eso que llaman "inteligencia colectiva" y que escribes y teorizas sobre ello ¿qué tienes que enseñarme que yo no sepa?* Preguntó *Charlie empleando un tono que dejaba muy claro quién mandaba allí.*

    ☐ *Lo siento señor, sólo soy un aficionado sin muchas pretensiones. Mintió Luis Duret.*

☐ *Algo sabrás o, al menos, eso me han informado*

— *–¿Traes una presentación preparada que yo pueda ver?*

— *Mi tableta para proyecciones holográficas no se reinicia, parece que no funciona correctamente.* Volvió a mentir Luis *mientras fingía manipular su tableta*

— *Debe estar estropeada. pediré una nueva audiencia para cuando consiga repararla y recuperar la información*

Luis conservaba la tranquilad, pero Intentaba zanjar la conversación y poner punto final al encuentro cuanto antes.

Después de observar aquella frase acompañando a la fotografía de Henry Ford comprendió que no tenía sentido contar a Charlie nada sobre inteligencia colectiva ni Democracia Avanzada. Prefería salir de allí lo antes posible.

— *¡Qué desfachatez! Vaya forma de hacer que pierda el tiempo que no me sobra. ¡Y vaya porquería! ¿No será una de esas tabletas que traen de alguna de las ciudades asiáticas!,* bramó Charlie, casi sin mirarle, *con su voz histriónica y tono prepotente*

– *¡Tienes que usar las nuestras! Es una cuestión de patriotismo y calidad*

– *¡Patriotismo y calidad! ¿Te enteras?*

– *Te volveremos a llamar en un par de meses, para entonces ven bien preparado.*

– *Escucha, quiero la jodida presentación en un par de meses y no quiero volver a perder el tiempo contigo*

– *¡Patriotismo y calidad! ¿te entra en la cabeza?*

Luis Duret comprendió que ese podía ser un buen momento para largarse de allí y preparó su mutis:

– *Efectivamente, las tabletas de Mega Roma son más productivas que el resto. Gracias por su tiempo* acertó a decir Luis casi susurrando.

– *Con su permiso, señor.*

Luis Duret dibujó un gesto amable y una media sonrisa y dando media vuelta sobre sí mismo comenzó con paso pausado su camino hacia la puerta del despacho de Charlie, observo que el marco luminoso de la puerta estaba otra vez de color verde así que esperó a escuchar el "clic" de apertura, la empujó con cuidado y tras respirar profundamente salió. Volvía a estar en el pasillo de las fotografías y allí estaba también, esperándole, el amable robot-guía dispuesto, suponía, a llevarle de vuelta al lugar donde su coche estaba estacionado.

Estaba deseando marchar de allí cuanto antes para dirigirse a un refugio seguro y aislado donde le esperaban sus compañeros de Justicia Social (JAS), el grupo clandestino del cual formaba parte y con el que pretendía despertar en la población un sentimiento revolucionario: la aspiración a vivir en una sociedad inspirada por la política abierta y con la participación de todos los ciudadanos. El grupo era un claro defensor y promotor de la Democracia Avanzada.

CAPITULO 4.   NUEVA ALEJANDRÍA Y MARK MILLER

La sala de reuniones de la sede del Gobierno de Nueva Alejandría estaba en la planta 77ª del Edificio Esparta.

Los gigantescos edificios de esta mega ciudad, Nueva Alejandría, se alzaban siempre en honor a grandes imperios: Edificio Esparta en recuerdo a la antigua ciudad griega famosa por sus reyes y su culto a la guerra; Edificio Escorial por el imperio español; Babilonia, por el persa; Nilo por el egipcio; Drake por el británico; Honorio por el imperio romano de Occidente, Akbar por el imperio mongol y Edificio Guillermo I por el imperio alemán.

Estas edificaciones pretendían representar el poder absoluto que ejercía Mark Miller, súper intendente de Nueva Alejandría y hombre obsesionado con los grandes imperios de la Historia de la humanidad. El nombre que tuvo originalmente la ciudad fue Nueva Atenea en honor a la diosa griega. Pero Mark Miller, cuando llegó al poder, ordenó la sustitución de ese nombre por el de Nueva Alejandría alegando que Nueva Atenea hacía referencia a Atenas ciudad, según él, origen de muchos males, entre otros, la Democracia, la sensiblería y la filosofía, definida por Mark Miller como inútil y perversa ocupación para utópicos soñadores, vagos e individuos improductivos. Pericles, para él, era lo opuesto a lo que debía ser un buen gobernante. Él admiraba a Napoleón, Hitler, Stalin y Mao Zedong. Sorprendentemente los argumentos tribales, expansionistas, supremacistas y bélicos de Mark Miller consiguieron encandilar y enfervorizar a la población de Nueva Alejandría. Así, la gran mayoría de los ciudadanos acabó apoyando sus ideas con pasión y algo de fanatismo. La ciudad desde entonces se llamaba así, Nueva Alejandría y la sede de su Gobierno se instaló en el edificio Esparta.

En cada edificio la denominación de la salas, despachos y estancias de su interior hacían referencia a circunstancias, lugares, hechos o personalidades relevantes del imperio que inspiraba su nombre.

CAPITULO 5. REUNIÓN DE LIDERES MUNDIALES.

La sala de reuniones del edificio Esparta en la que esperaba Mark Miller a sus invitados se llamaba Agis I, epónimo de la dinastía de los Agíadas, una de las dos que gobernaba Esparta.

Mark Miller estaba sentado en la cabecera de una gran mesa alrededor de la cual ya estaban preparados los asientos para todos sus invitados. Estaba claro que él pretendía presidir la reunión que en pocos minutos iba a tener lugar en esa sala y alrededor de esa mesa. Frente a cada asiento y perfectamente ordenados sobre la mesa se encontraban un bloc de notas digital, su correspondiente lápiz óptico, una botellita de agua traída ex profeso de los casquetes polares lunares, un vaso ergonómico y una bandeja para cargar por inducción dispositivos móviles. A Mark le gustaba ser atento con sus invitados. No faltaba nada en la mesa. Estratégicamente distribuidas, había bandejas con galletas energéticas y frutos secos macro bióticos, fuentes con fruta y jarras con zumo de granada. Sin duda alguna, las botellas de agua lunar eran un símbolo de exclusividad y poder, pocas ciudades en el mundo podían acceder a ese preciado líquido y se decía que sus propiedades iónicas mejoraban la salud y potenciaban la inteligencia. Nueva Alejandría disponía de un envidiable desarrollo espacial y hacía años que había instalado en la luna na planta de extracción y envasado de agua. Mark Miller no desaprovechaba ninguna ocasión para mostrar su poder, estaba cómodo, llevaba puesto su ya clásico polo negro de cuello alto, unos vaqueros usados y unas zapatillas blancas, nada más. No necesitaba más. Como era su costumbre no llevaba a la vista ningún aditamento, ni colgantes, ni anillos ni relojes, nada que pudiera distraer la atención de los que le escucharan. Él necesitaba que todos los ojos observarán sus manos desnudas, los cuidados y estudiados gestos que siempre hacía mientras hablaba para enfatizar sus argumentos.

Mark Miller estaba repasando sus notas e ideas en la tableta que se encontraba frente a él cuando sonó un suave zumbido y se encendió una luz azul sobre la puerta de entrada a la sala. Con un suave "clic" se abrió la puerta y apareció uno de esos pequeños recepcionistas con ruedas que guiaban a las visitas por el interior del edificio.

    ☐ *Carlos Pérez de la ciudad de Mega Roma, anunció.*

Detrás del robot apareció Charlie. Entró despacio, pero con seguridad. Vestía elegante traje oscuro e impoluta camisa blanca. Llevaba bien abotonados todos los botones de la camisa, aunque el del cuello se notaba algo apretado y a punto de saltar debido al incipiente sobrepeso de Charlie, su vistosa corbata digital mostraba un color indefinido y éste cambiaba muy sutilmente con el trascurso del tiempo porque la prenda era un elemento mas del universo IOT (*internet de las cosas)* y estaba sincronizada en tiempo real con un servidor de tendencias de alta costura, según cambiaban éstas, la corbata , sutilmente, iba cambiando de color y diseño ajustándose a las nuevas tendencias que se iban poniendo de moda. Después de saludar efusivamente a Mark Miller Charlie tomó asiento en el extremo opuesto de la mesa y con rostro serio empezó a manipular el espectacular reloj inteligente que portaba en su muñeca derecha.

La luz de la puerta volvió a encenderse y volvió a sonar el zumbido anunciando la llegada de alguien más. El pequeño robot volvió a atravesar el umbral de la puerta, ahora permanentemente abierta y se situó en uno de sus lados, ya en el interior de la sala.

La voz que procedía de su cibernético interior comenzó a sonar con volumen alto y clara dicción:

- ☐ *Aspasia, directora de la Federación Mundial feminista.*
- ☐ *Alexey Lebedev, Superintendente de Kirgut.*
- ☐ *Jamie Born, director ejecutivo del fondo Internacional Digital para la investigación, Desarrollo e Innovación (FIDIDI).*
- ☐ *Wong Lee, presidente de Keishjiang.*
- ☐ *Amir ben mahmud, Gran Califa de Ealim Jadid.*

Uno a uno y según eran nombrados, los hombres y mujeres más poderosos del planeta fueron entrando en la sala y tomaron asiento en los sillones reservados para ellos. Antes de sentarse algunos se saludaban con cortesía mientras otros se daban un protocolario apretón de manos. Con ese simple gesto intercambiaban mediante biointerface los principales datos públicos de su correspondiente perfil profesional con lo que, inmediatamente y sin necesidad de un tercero, estaban hechas todas las presentaciones, esta forma de saludo era muy útil para aquellos que aún no se conocían y se veían por primera vez. Hechas todas las presentaciones, en unos minutos estaban todos sentados y acomodados. En aquella sala, en esos momentos, se encontraban reunidos la práctica totalidad de los hombres y mujeres que ejercían el poder en La Tierra, los más influyentes y los más poderosos: los súper intendentes de las principales mega urbes del planeta: Mega Roma, Nueva Alejandría, Kirgut, Keishjiang y EalimJadid, la representante y jefa suprema del movimiento feminista mundial y el responsable de la mayor empresa de desarrollo y tecnología del mundo.

Sus decisiones afectaban directamente a los catorce mil millones de habitantes del planeta Tierra.

Mark Miller ejercía de anfitrión.

> *Acomódense, vamos a empezar en breves segundos.*

La voz grave de Mark Miller llenó la sala e inmediatamente consiguió concentrar la atención de todos los presentes.

> *En deferencia a nuestros amigos de Asia y de la península arábiga procedo a activar para todos el subtitulador holográfico personal, así cada uno se podrá expresar en el idioma que más les convenga, el software se encargará de traducir todo lo que digan al idioma común que hoy será el*

inglés. Les recomiendo, por tanto, que se expresen con total naturalidad en su idioma nativo, para activar el sistema sólo tienen que presionar el icono rojo que muestra unos labios y que está situado en la parte inferior de la tableta que tienen a su disposición frente a ustedes. Háganlo cada vez que se dispongan a tomar el turno de palabra.

Mark Miller volvió su mirada hacia la pantalla que estaba sobre la mesa frente a él y ceremoniosamente, exagerando sus movimientos, pulso con su dedo índice el icono correspondiente al subtitulador y al idioma inglés, a partir de ese momento, cuando uno de los presentes, antes de hablar, presionara el icono de los labios en su propia tableta, todo lo que dijera se mostraría traducido mas o menos a la altura de su pecho y girando alrededor de su cuerpo en una representación dinámica y holográfica. Estos dispositivos traductores eran muy eficaces y entre sus funcionalidades se encontraba también la capacidad de elección de diferentes posiciones en la visualización del texto traducido.

Mark Miller continuó con la reunión.

— *Ya está. Todo activado.*

– *Empezamos, en primer lugar, bienvenidos a mi querida ciudad de Nueva Alejandría y a ésta, su sede del Gobierno. Bienvenidos todos, esta puede ser una reunión de trascendencia histórica, un hito del que se hablará por los siglos de los siglos.*

– *Agradezco a Carlos Pérez su gran esfuerzo y colaboración que tanto han contribuido a organizar está reunión. Agradezco también la presencia hoy aquí de los jefes y responsables de aquellas organizaciones y poblaciones que reúnen el mayor número de datos existentes. Como todos ustedes saben el control de los datos es vital para nuestras respectivas formas de Gobierno.*

– *El superintendente Carlos Pérez aparece ahora sospechosamente colaborador con usted, sin embargo, es muy reservado para otras cosas, interrumpió Alexey Lebedev siempre irónico y fiel a sus ancestros soviéticos. Sin duda, de todos los allí presentes era el elemento más crítico con todas las ciudades occidentales. Alexey, habitualmente suspicaz, lanzó esa acusación mirando fijamente a los ojos de Charlie Pérez para continuar hablando sin dejar de mirarle con gesto hosco y desafiante.*

— Mega Roma reúne ya el mayor número de habitantes del planeta y ha desarrollado tecnología eficiente para gestionar y dominar esa gran masa ciudadana, sin menoscabo de sus necesidades políticas y manteniendo un desarrollo expansionista. No tenemos señales o indicios de resistencia ni incidencias notables por carencias relativas al bienestar o la libertad, no parece que allí haya brotes de disidencia o rebelión, sin embargo, no comparte con el resto de nosotros sus algoritmos y metodología para ejercer el poder, además, su crecimiento está amenazando al equilibrio mundial entre ciudades.

— ¿Cuándo me he negado yo a compartir un algoritmo? ¿Cuándo un avance en psicología conductual de masas? Replicó Charlie. ¿Cuándo mis científicos se han negado a asistir a Congresos y Convenciones científicas dispuestos a colaborar? Por ejemplo, Hemos sido

nosotros, desde Mega Roma, los que hemos impulsado el protocolo mundial de viajes, pernoctaciones y desplazamientos para la interoperabilidad de los datos de turistas y viajeros. Gracias a ello quedan pocas zonas oscuras donde una persona pueda viajar sin estar controlada por el sistema y todos ustedes pueden hacer libre uso de esos datos. No me negaran los beneficios que todos obtenemos con ese control.

— *Hemos sido nosotros, desde Mega Roma, los que estamos impulsando las leyes que impiden hablar, escribir o utilizar en tono positivo determinadas épocas históricas y no sólo referentes al pasado de nuestra ciudad sino de todas las ciudades de La Tierra. Esto limita determinadas investigaciones históricas, elimina molestas inspiraciones para los artistas y nos protege a todos, no sólo a Mega Roma, de no deseadas conclusiones derivadas del estudio sin control de los hechos históricos.*

— *El mérito no es sólo suyo super intendente Charlie,* interrumpió Amir, califa de Ealim

Jadid, los ciudadanos empezaron a entregar sin protestar todos sus datos sobre sus viajes y estancias, cuando toman un trasporte o se alojan en un establecimiento por trabajo o vacaciones gracias a las necesidades de control y a los miedos generados por las supuestas amenazas de mis ancestros Los yihadistas y gracias a Alá. Ese miedo a mi cultura les fue de mucha utilidad en aquellos años.

Amir, habló, como era su costumbre, con mucha solemnidad, mirando al cielo al final de cada frase como si buscara inspiración divina. Mientras hablaba, no dejaba de acariciar el pecho de un pequeño animaloide con forma de halcón que llevaba situado sobre su hombro izquierdo.

Los animaloides, mitad animales mitad robots, se habían empezado a poner de moda como mascotas a finales del siglo XXI cuando la presión de grupos de animalistas y conservacionistas contra la utilización de animales vivos para el ocio o como mascotas se hizo insostenible. Estaban ya muy perfeccionados, su apariencia y tacto era muy similar a la de los primitivos animales, pero no tenían ninguno de sus inconvenientes y sí muchas funcionalidades: su comportamiento se podía programar a gusto del usuario llevando además incorporados cámaras, micrófonos y gran variedad de sensores; casi todos tenían capacidades de conexión a internet y se les dotaba de serie con una gran memoria para almacenar todo tipo de información: audio, video, ficheros…

Era muy probable que el halcón de Amir, además de conferir a éste una imagen exótica y poderosa, estuviera grabando toda la reunión en video y almacenando toda esa información en su memoria cibernética. esta práctica era frecuente, facilitaba la concentración en lo que sucedía en la reunión y evitaba al propietario del dispositivo la farragosa tarea de tomar notas.

Nadie respondió al argumento de Amir, todos tenían secretos inconfesables que callar de sus relaciones con las mega ciudades árabes, pioneras, por ejemplo, en tecnologías para la explotación energética en suelo lunar y acaparadoras de las mayores reservas de oro del planeta.

Estas ciudades, especialmente la situadas alrededor del Golfo pérsico, comenzaron a crecer al amparo de los recursos generados por el petróleo y el gas, pero supieron anticiparse al fin de los recursos fósiles terrestres y a finales del siglo XXI ya disponían de la primera estación lunar para la investigación de su aprovechamiento como fuente de energía y materias primas. Poco después se convirtieron en una gran potencia en ese ámbito. Desde hacía muchos años cobraban en oro todo lo que producían y exportaban.

— *¡Vamos señores! No estamos reunidos para discutir de quién es el mérito en el control de la información ni cuál fue el desencadenante de esa situación.*

Mark Miller volvió a tomar la palabra ejerciendo su papel de anfitrión y conductor de la reunión.

— *Lo que hoy nos trae aquí es algo más importante que desempolvar rencillas e historias pasadas. Estamos aquí para tratar algo que no sólo puede acabar con nuestro poder sino con toda la civilización que nosotros hemos creado. No me estoy refiriendo a nuestros ya tradicionales problemas de generación de fuentes de alimentos que ya los vamos consiguiendo solucionar con las huertas verticales, el incipiente aprovechamiento de las profundidades abisales y las reservas de explotación agrícola y ganadera en el norte de Europa, Groenlandia y en la pequeña parte de África que ha resistido al cambio climático. ¡No!, Me refiero a algo más complejo, grave y amenazante. Estoy aludiendo a extrañas concentraciones de individuos en territorios difíciles de controlar en su totalidad, áreas en las que hemos detectado población incipientemente rebelde. Y lo que es más grave, se han detectado también, provenientes de esas localizaciones, comentarios subversivos en contra de nuestro poder difundidos a través de varios canales de comunicación y replicados en todas las redes sociales y distribuidores de información. También se han dado consignas contra el sistema a través de los servicios de mensajería y hemos registrado ya algunos incidentes desagradables sobre el terreno.*

— *¿qué tipo de incidentes? ¿Cuántos individuos están implicados?*

— *¿No se han enviado fuerzas de represión? Preguntó Lebedev mientras gesticulaba mostrando su sorpresa e indignación.*

— *Incidentes de todo tipo, la creatividad y audacia de esos rebeldes es muy grande.*

Mark Miller respondió con la tranquilidad que le caracterizaba, seguro de sí mismo y de la autoridad que ejercía.

— Por ejemplo, Han logrado enviar secuencias de video con contenido revolucionario a los centros de emisión y por lo tanto esas imágenes han sido emitidas en las grandes pantallas publicitarias de algunas ciudades y a través de monitores de la red privada de muchos ciudadanos.

— Han manipulado algún canal de contenido de pago y sus mensajes han interrumpido muchas descargas.

— También han conseguido colarse en el sistema de emisión publicitaria de los vehículos y han conseguido emitir sus mensajes contra el poder establecido y sustituir la música de los sistemas multimedia por música y canciones prohibidas,

— Para su información y la de todos, señor Lebedev, sí, hemos enviado unidades de investigación y represión para acabar con los incidentes sobre el terreno, pero en algunos casos hemos tenido extraños e inesperados problemas con las fuerzas allí *enviadas: se han negado a reprimir con la dureza requerida, a matar cuando se les ha ordenado y a aplicar las técnicas de extrema violencia para sofocar levantamientos, para descubrir y erradicar la fuente de la rebelión. Ahora sabemos que los soldados, muy a nuestro pesar, son susceptibles de estar atenazados por emociones básicas que entorpecen su misión.*

— *Los soldados, señores, son humanos.*

— *Entonces ¿no está solucionado?* Volvió a preguntar el ruso visiblemente airado.

— *De momento no lo está, hemos practicado muchas detenciones y aprobado nuevas leyes que limitan la propagación de cualquier idea fuera de lo políticamente correcto, pero tememos que aquello pueda resurgir e ir a peor.*

— Mark Miller se levantó entonces con solemnidad, apoyó sus dos manos sobre la mesa y miró fijamente a todos los presentes.

— *Por esa razón propongo hoy, aquí, un gran acuerdo para el desarrollo y el uso de armas letales autónomas e inteligentes.*

Al tiempo que Mark Miller decía su última frase éste presionó con solemnidad forzada un botón del mini proyector holográfico que llevaba oculto en la palma de su mano. Inmediatamente, la figura virtual de un robot de unos dos metros de altura, dotado de la musculatura de un jugador de élite de Rugby, ademanes fieros y mirada penetrante de máquina asesina, se paseó por la sala exhibiendo toda clase de material antidisturbios.

> — *Imaginen señores un ejército de robots como éste, todos perfectamente coordinados y todos actuando sin dudar a nuestras órdenes y con capacidad de reaccionar ante situaciones imprevistas puesto que estarán dotados de inteligencia artificial.*

> — *¡Eso tiene muchos riesgos!, ¡muchos!*

La voz de Aspasia, la líder mundial feminista, cruzó la sala como un dardo envenenado.

> — *Nosotras nos opusimos en su momento a dotar de cualquier característica de género, incluida la apariencia, a los primeros robots que aparecieron en la sociedad. Recuerden nuestras antiguas luchas contra la feminización de los robots dedicados a las tareas domésticas o de los robots fabricados*

para actuar en servicios de enfermería y cuidados asistenciales. También conseguimos, con mucho esfuerzo, eliminar el género en aquellos robots doncella fabricados para el mantenimiento de las habitaciones de los grandes hoteles. A ustedes los hombres, desde el primer momento lo único que se les ocurrió fue dotar de connotaciones de género a nuestros robots. ¿Tengo que recordar ahora los nombres femeninos de los primeros robots aspirador allá por el siglo XXI? ¿He de recordar que los primeros humanoides creados para la explotación sexual fueron creados con apariencia femenina?

— ¿Y esto de hoy?, ¿Quieren ustedes crear robots mega masculinizados con inteligencia y armas para matar ¡Uf! ¡Qué peligro! ¡soldados súper machos y policías robot! Todos nuestros esfuerzos por la igualdad despreciados en un solo acto. Supongo que, como hemos visto, únicamente se fabricarán esos súper héroes, representantes del poder y el orden, con apariencia andrógina, ¡Claro! La autoridad siempre tiene que ser masculina, termino Aspasia con un tonillo irónico.

— Eso no es ahora relevante y lo que cuentas es ya historia y no tuvo, además, tanta trascendencia, replicó Charlie.

— Aspasia le lanzó entonces una mirada envuelta en desprecio y retomó su argumentación con un tono más agrio.

— No pongo en duda su criterio al calificar de muy grave el problema de esa rebelión, pero estoy casi segura que ha sido iniciada por algunos jóvenes con exceso de testosterona que quieren demostrar su hombría a todo su entorno compitiendo por ser el macho alfa. Sí yo estoy en lo cierto y todo lo sucedido es tal y como como lo ha narrado mi machista amigo Mark Miller, se demostraría que nuestro trabajo colectivo de años lanzando programas de reeducación, prohibiendo y estigmatizando determinados lenguajes y determinadas actitudes, que nuestra labor, interviniendo en la cultura y el arte, para acabar con los sentimientos machistas no ha tenido todavía éxito.

— *Por otra parte, Charlie, quiero avisarle que, en su ciudad, Mega Roma, operan nuestras activistas más exigentes, influyentes y activas: las femivestales, imagino que habrá oído hablar de ellas, no me gustaría tener que ordenar a este grupo que inicien una campaña de huelgas, resistencia y algaradas a todos los niveles, Por eso, nosotras sugerimos que los robot-soldado se creen con apariencia neutra, asexuada y además, proponemos, ahora más que nunca, censura para determinado vocabulario y más programas de reeducación para prevenir actitudes machistas. Si es necesario, prohibir hasta los sentimientos más íntimos y personales, ¡capar neuronalmente a los hombres!*

— *No insistan ustedes en crear soldados robot, o guardias robot, muy machitos todos ellos, con figuras exclusivamente masculinas para jugar a sus machistas peleas.*

— *Nada más lejos de la realidad, Aspasia, volvió a contestar Mark Miller*

— *He invitado a esta reunión a una persona que creo deberías escuchar antes de oponerte frontalmente al proyecto.*

— *Esa persona es Jamie Born, consejero delegado de la empresa más avanzada en desarrollo y tecnología cibernética, su organización es la más preparada para dirigir un proyecto de estas características y alcanzar con éxito el objetivo de producir un ejército de armas letales inteligentes, él nos va a explicar, en líneas generales, el alcance del proyecto y algunas sugerencias para el acuerdo que lo pueda hacer posible.*

— *Jamie ha aceptado mi invitación y está hoy aquí.*

— *Jamie, cuando quieras.*

Jamie se puso en pie al oír su nombre.

— *Gracias Mark, como saben todos ustedes mi compañía recibe fondos de todas las mega ciudades inteligentes del planeta que en su día firmaron el acuerdo **Mordaza**. Así todos comparten por igual la tecnología que nosotros desarrollamos. Gracias a Mordaza la tecnología nunca se concibe para su uso en guerras o* *competencia entre esas mismas ciudades sino como herramienta de control de las poblaciones que las habitan. Tengan en cuenta que, si todos los contendientes disponen del mismo potencial destructor, nadie atacará a nadie porque el resultado sería el fin de todos los adversarios... Viejo axioma de la muy antigua y pasada Guerra fría. Mordaza se ciñe exclusivamente al desarrollo de tecnologías que protegen a todas las ciudades del posible enemigo interno, del subversivo, de la rebelión ciudadana. De las masas ejerciendo su libertad y pidiendo sus derechos. Esa fue la principal amenaza que ustedes ya intuyeron cuando crearon ese convenio y ese programa de investigación y desarrollo que mi organización lidera. Ustedes querían algo que les ayudara a perpetuar sus modelos de Gobierno. Nosotros, en mi empresa, concebimos, diseñamos y creamos una solución que ustedes llevan utilizando ya muchos años: herramientas de escucha, vigilancia y manipulación de personas y grupos de individuos... Hemos tenido éxito porque hemos estudiado a fondo la psicología del comportamiento social y nos ha beneficiado una circunstancia que ha definido el progreso en los últimos doscientos años: el propio individuo ha sido el que nos ha entregado su libertad, su intimidad, y sus derechos creyéndose así más libre y seguro por hacerlo... En consecuencia, ustedes conocen ya casi todo sobre sus ciudadanos y hemos podido dotar a sus gobiernos de la capacidad de utilizar esos datos para controlar y manejar a la ciudadanía a su antojo. Con esos datos, hoy, se encuentran ustedes con capacidad para intervenir en casi todas las situaciones que podrían tildarse de "conflictivas", ya me entienden.*

— *¿Casi todas? ¿Qué nos falta?*

Lebedev insistía con sus preguntas. Sus gestos eran cada vez más violentos, se notaba que estaba ya visiblemente encolerizado. Sus ansias de poder absoluto le hacían enfurecer si se sentía amenazado.

— *Casi todas, amigo Lebedev, contestó Jamie, tenemos algoritmos para hacer frente a los anhelos y posibles resistencias de aquellos que comulgan con las diferentes corrientes políticas conocidas: marxistas, socialistas, fascistas, liberales… Así como, también, para lidiar con la posible oposición de los fieles a todas las creencias religiosas y filosóficas: cristianismo, budismo, islamismo, taoísmo…*

— *todas creadas por hombres, interrumpió Aspasia.*

— *Bueno si, pero no me negaras que, con Mordaza, nosotros también diseñamos hace mucho tiempo como integrar al feminismo en la rueda del poder y convertirlo así en un eslabón mas de la cadena que impide a los pueblos rebelarse contra el poder. Tu presencia aquí es un claro ejemplo de ello.*

— *De acuerdo, pero es que no había otra opción mas que corregir una injusticia histórica, presente desde el principio de los tiempos, nuestra llegada al poder significó el triunfo de la genial Lilith frente a la sumisa Eva.*

— *Nadie osa ya despreciar a una mujer en el Gobierno. Fin de la historia.*

Aspasia volvió a tomar asiento orgulloso de su intervención.

— *¿Qué falta? ¿Qué nos amenaza entonces?*

Mark Miller fue el que lanzó esta última pregunta al aire como si fuera un animal herido que se revuelve contra su agresor.

Realmente, él conocía la respuesta de Jamie Born, todo formaba parte de una preparada puesta en escena, la pregunta había sido pactada de antemano.

— *Pues... La solución contra la revolución poética sentenció Jamie Burn.*

Jamie hizo una pausa dramática. Sabía que ese era su momento, todos le prestaban atención y escuchaban sus palabras, adoraba esos instantes: sentirse dominador de la situación y aparecer como el elegido, el gurú, el único con capacidad para resolver los problemas. Jamie continuó hablando, dotando a sus frases de un ritmo pausado, dramático y teatral. Era el protagonista e iba a aprovecharlo:

— *Todo su dinero, todo su poder puede poco contra la poesía. Ustedes pueden controlar todos los medios de comunicación, pueden orientar y dirigir las modas, pueden comprar las opiniones e influir en el pensamiento y voluntad de las personas con los algoritmos, la psicología social y las herramientas de control que hemos creado para ustedes.*

— *Pueden influir en todos y cada uno de los individuos que viven en sus mega ciudades y paralizarles de miedo ante su inmenso poder, así pueden manejarles, pero ustedes, que con mi ayuda y las tecnologías que he creado para sus gobiernos, llevan décadas insuflando el virus del individualismo, la sumisión y el egoísmo en todos los seres humanos, ustedes, no pueden hacer nada contra la poesía. Un acto poético puede ser una simple pegatina clandestinamente pegada en cualquier recóndito lugar de una de sus ciudades, una pintada en un poste de comunicaciones o en las paredes de uno de sus garajes en altura, unos versos lanzados al mar en una botella, un dron que pasee una pancarta pidiendo justicia y libertad, una canción o un gesto de amor. Todos esos actos pueden desatar una revolución. La poesía se filtra por cualquier rendija y explota dentro del alma de los hombres. Nuestro error ha sido olvidar la existencia del alma, nuestra prepotencia nos ha jugado una mala pasada. Quizá sea un error garrafal.*

— *Bueno, con la red mundial de vigilancia y aviso temprano que nos has creado Jamie, podremos anticipar por dónde vendrá esa revolución y quiénes son los insurrectos, con nuestra policía y nuestras fuerzas podremos reprimirla y acabar con esos poetas de pacotilla fácilmente.*

Mark Miller creyó haber zanjado la discusión tal y cómo le gustaba: alzando la voz y soltando un último argumento definitivo que le colocaría a él, superintendente de Nueva Alejandría, como supremo protector del mundo, el gran emperador.

Charlie dibujó en su cara una sonrisa forzada de aprobación que escondía una buena dosis de desagrado y desprecio por Mark Miller, no en vano, éste le hacía sombra en su no declarada guerra por dominar el mundo y eso no le gustaba.

— Mi ciudad, Mega Roma tiene una fuerza destructora diez veces superior a la de Nueva Alejandría y la totalidad de su territorio creo que está libre de esos poetas, ya conocen la eficacia de mis "MRT". Sin embargo, ese soldado robot que hoy he visto me ha impresionado y ha ganado mi corazón y también mi alma, Jamie. sentenció Charlie.

— Por cierto, a mí no me importaría que tuvieran apariencia femenina, siempre me gustaron las mujeres con mucha marcha y carácter.

Todos los presentes, excepto Aspasia y en menor medida Jamie, acompañaron con júbilo y riendo a carcajadas la última ocurrencia que acababa de pronunciar Charlie.

Sin duda alguna, muchas veces el histrionismo de Charlie ejercía cierto magnetismo entre los que le escuchaban.

Jamie continúo hablando:

— *No rían tan pronto, señores, sus policías, fuerzas especiales y soldados son humanos y por tanto susceptibles de rendirse ante la emoción superlativa de la poesía revolucionaria. De rendirse ante la fuerza arrolladora de un pueblo movido por los poetas.*

Después de estas últimas palabras, pronunciadas con buscada gravedad por parte de Jamie todos callaron y comenzaron a mirarse unos a otros con perplejidad y sorpresa.

> – *Entonces, Jamie, ¿qué nos propones?*
> *Preguntó Charlie.*

Jamie, otra vez de pie, volvió a presionar el botón de su proyector para que el holograma del fornido y armado soldado robot hiciera una demostración más espectacular que antes de sus capacidades y su armamento represivo comenzó Mientras el robot golpeaba, reducía y eliminaba a supuestos revolucionarios Jamie prosiguió con su exposición en respuesta a la pregunta de Charlie:

> – *Les propongo exactamente el desarrollo de robots-soldado, máquinas perfectas de represión sin emoción alguna y por supuesto sin rostro ni género para inspirar más miedo y respeto. Esas máquinas no dudaran en golpear, detener, disparar, torturar y reprimir cuando las circunstancias así lo requieran. Además, serán máquinas no algorítmicas, es decir, no funcionarán debido al resultado de ningún algoritmo, sino que estarán dotadas de inteligencia artificial y por tanto serán capaces de aprender y actuar en consecuencia. Ustedes deben decidir si quieren invertir en ello. Yo*

Sugiero que lo hagan en los mismos términos y condiciones que acordamos con las redes sociales, la carrera espacial y la robótica de primera generación, el espíritu de mordaza: compartiendo esfuerzos y resultados contra el posible enemigo común, la revuelta popular. De este modo continuarán dominando el mundo.

Aspasia levantó su mano y tras mirar desafiante al resto de participantes en la reunión afirmó con energía:

- *Nosotras lo apoyaremos, pero en ningún caso deberán tener aspecto de varones, aplaudo el aspecto asexuado.*
- *Yo estoy de acuerdo en esos términos. Apostillo Mark Miller.*
- Será el acuerdo mordaza dotado ahora de una fuerza e inteligencia sin límites, trabas ni sentimientos.
- Yo también estoy de acuerdo.
- Y yo.
- Y yo.
- Y yo.

Uno a uno todos fueron levantando sus manos sumándose a la propuesta, todos mostraban cara de satisfacción. Jamie se sentó entonces, orgulloso de sus intervenciones, ufano y triunfante sabiendo que se llevaba un contrato multibillonario.

> — *Jamie, gracias por tus explicaciones, puedes empezar el desarrollo cuanto antes,* dijo Mark desde su lugar prominente en la mesa.

> — *y no olvides pasarnos las facturas correspondientes,* sugirió Charlie

— No te preocupes Mark, ni tu tampoco Charlie, llevábamos años trabajando en ello y tenemos su diseño y fabricación muy avanzado, yo intuía hace mucho tiempo que los robots–soldado se convertirían en una necesidad. En un par de semanas podrán ver los primeros resultados y las facturas, por supuesto.

> — La primera remesa será de medio millón de unidades, tengo todas las plantas de producción y ensamblaje trabajando sin parar desde hace cinco años.

> — Eres un genio peligroso, Jamie, –supongo que este proyecto nos costará una fortuna, cerró Charlie, –pero lo pagaremos con mucho gusto.

CAPITULO 6. GROENLANDIA: HUERTA PLANETARIA

Mark Miller estaba muy satisfecho con el desarrollo de la reunión que estaba a punto de concluir en la sala Agis I de la gigantesca Torre Esparta, sede del Gobierno de Nueva Alejandría, sólo le faltaba tratar una última cuestión: quería que todos los allí presentes escucharan de primera mano el alcance de los incidentes ocurridos en algunos lugares remotos que escapaban de los férreos controles gubernamentales.

Llamó la atención del grupo:

— Señores, nos falta tratar la última, pero no la menos importante de las cuestiones que nos han reunido hoy aquí, todo lo contrario, es quizá la más importante y una de las razones por las que debemos estar satisfechos de lo que hace unos momentos acabamos de acordar: el desarrollo, despliegue y utilización de armas letales autónomas e inteligentes bajo la norma y el espíritu del acuerdo Mordaza. Mark Miller hablaba despacio mientras comenzaba a juguetear con su teléfono móvil de última generación. Era uno de esos del tamaño de las antiguas y legendarias monedas de un euro, que al ponerse sobre una superficie cualquiera y presionarse con el dedo índice recreaban una pantalla y un teclado virtual sobre esa superficie en la que se encontraban. Estos teléfonos eran capaces de generar también imágenes de realidad aumentada y, como no, de realizar video llamadas holográficas.

Mark volvió a llamar la atención de los presentes en la sala:

— *Ahora, señores, me gustaría invitar a participar en esta reunión a Jurgen Olesson, nuestro hombre en Groenlandia y responsable allí de las infraestructuras agrícolas y ganaderas que abastecen a nuestras ciudades. Lamentablemente, algunos problemas de última hora en las piscifactorías marítimas y en las plantaciones árticas impiden su presencia física aquí, por lo que participará, le veremos y escucharemos mediante su representación holográfica producida y conectada a través de mi teléfono móvil, este increíble y minúsculo modelo, último producto de la avanzada industria alejandrina.*

—   Les pongo en antecedentes por si alguno de ustedes, mis apreciados y selectos líderes, no estuviera al tanto a de lo que ha venido sucediendo en Groenlandia en los últimos tiempos:

—   Como todos ustedes saben, cuando el cambio climático en La Tierra fue irreversible, grandes territorios comenzaron irremisiblemente a desertizarse y otros a inundarse, fue entonces cuando comenzaron las grandes migraciones, las pandemias y las hambrunas. En aquellos tristes años fue cuando Estados Unidos tomó la decisión histórica de comprar Groenlandia y empezar a colonizar allí grandes extensiones de tierra con el fin de convertirlas en explotaciones agropecuarias permanentes y despensa de la humanidad. Después del "big one", la destrucción de California y el nacimiento de Mega Roma el proyecto de despensa universal para "Groenlandia que Estados Unidos no concluyó se retomó y se amplió hasta tal punto que Nueva Alejandría y otras megaciudades decidieron participar conjuntamente en el mismo. Como saben, llevamos muchas décadas de esfuerzo e innovación en aquellos territorios,

incluso, hemos ampliado el área de explotación a grandes extensiones árticas tanto marítimas como terrestres. Durante los últimos años hemos empezado a ver con gran satisfacción resultados y logros: hemos conseguido crear plantaciones horto frutícolas de altísimo rendimiento y nuevas especies animales de excelente producción cárnica que abastecen ya a nuestras respectivas poblaciones. muchos nos hemos beneficiado de ello. En los Recientemente hemos alcanzado, incluso el hito de la obtención de grandes cosechas vinícolas con las que se elaboran excelentes vinos.

Mark hizo una pausa para observar las caras de satisfacción de sus compañeros de reunión, respiró profundamente y se preparó para lanzar el alegato final, sabía que caería como una bomba en mitad de la sala.

> *— Pero no todo son buenas noticias, últimamente han surgido problemas e incidentes, la población que desplazamos allí, a pesar de haber sido seleccionada entre los más desarraigados o quizá por esa misma razón, está causando problemas de disciplina, indolencia y creo que hasta de incipiente rebelión. No sé si tendrá que ver esto con algún poeta de*

esos de los que tú nos hablabas, Jamie, alguno que se nos ha infiltrado por allí, pero el hecho es que quizá los robots-soldado cuyo desarrollo y producción hemos aprobado, tengan pronto la oportunidad de mostrar su valía y debamos enviarlos a su primera misión: restablecer el orden en las templadas tierras de Groenlandia. Esto que les acabo de contar es un breve resumen de la situación basado en informes de terceros y escuchas. Por eso quiero que hoy conozcan de primera mano la naturaleza de los incidentes allí ocurridos.

Mark continuaba manipulando su móvil sin apreciarse todavía ninguna imagen holográfica ni oírse sonido alguno, sólo se veían unos destellos de color rojo que inundaban toda la sala y eran emitidos intermitentemente por el pequeño dispositivo.

Mark empezaba a mostrar signos de frustración y decepción.

– Perdonen, dijo notablemente molesto, – estoy intentando conectar por video-holografía con el doctor Jurgen Olesson, súper intendente de Groenlandia y nuestro

hombre fuerte allí para que nos contara de primera mano cómo se están desarrollando los acontecimientos y las últimas novedades, pero parece que hay algún problema con la conexión. El móvil, como pueden ver, está avisando que hay peligro de hackeo de la llamada, son esos destellos rojos que pueden observar

— *¿Un hacker? Yo pensaba que este edificio estaría blindado, Mark.*

— *En China esto no ocurriría. Wong Lee, como siempre, intervenía con tono jocoso y comparando Oriente con Occidente.*

— *¡Y lo está! Querido Wong. ¡Lo está! Pero en las conexiones móviles siempre puede haber problemas. Además, un hacker experto tiene recursos sorprendentes como muy bien sabéis todos y especialmente usted, súper intendente Wong. ¿o debo recordar a nuestro asiático amigo la caída total de sus comunicaciones móviles debido al ataque de un hacker incontrolado actuando desde una de las islas artificiales creadas hace unos meses en el Mar de China?*

– O ¿recordarle lo sucedido cuando en Neo Taiwán los estudiantes paralizaron el Gobierno de la ciudad al enviar en masa y desde sus teléfonos móviles pings cargados de virus al servidor central? Wong calló, pero alzó su barbilla al cielo visiblemente enfadado con la respuesta de Mark Miller.

– Podría Luis Duret o uno de sus acólitos, estuvo en mi oficina ayer por la mañana. Interrumpió Charlie – Es un tipo muy inteligente y escurridizo. Hace tiempo trabajó para mi ciudad en la creación y puesta en marcha del sistema inteligente de regulación de tráfico urbano, conoce todas las debilidades de los sistemas de información, Yo intento, una y otra vez, reclutarle de nuevo pero los elogios prebendas y honores no le hacen mella, tampoco las amenazas, no sabemos qué hace en la actualidad más allá de escribir complicados ensayos y especular sobre inteligencia colectiva y Democracia Avanzada,

– ¡Chorradas! Soltó Mark Miller

– - Utopías románticas. Ese puede ser el problema.

— *Habría que detenerle e interrogarle, esas cosas pueden llegar a ser peligrosas tal y como dijo Jamie, apuntó Lebedev*

— *Tampoco sabemos dónde está, y por donde se mueve, aunque en su casa les aseguro que no se encuentra porque la tenemos completamente monitorizada. Y no duden que un día cometerá algún error y le atraparemos para anularle definitivamente, afirmó convencido Charlie.*

CAPITULO 7. EL REFUGIO DE LUIS DURET

Después de la reunión con Charlie Luis Duret se dirigió, guiado por el robot, hacia la plaza de aparcamiento donde había aparcado su vehículo apenas un par de horas antes. Subió al vehículo y En cuanto se hubo acomodado en uno de sus asientos delanteros exhaló un profundo suspiro y se sintió relajado y seguro, entonces, se entretuvo un buen rato programando en el sistema de navegación del coche un recorrido imaginario que incluía su supuesta e inmediata salida del edificio y la visita de al menos diez lugares muy concurridos de la ciudad. anuló también, a través de la pantalla multimedia, las preferencias de publicidad señalando en el formulario correspondiente la opción de "no molestar". El recorrido imaginario que programó iba a durar para el cerebro electrónico y, por supuesto, también para el SIRTU unas cinco horas e incluía varias galerías de arte, salas de exposiciones, librerías, un teatro y una popular cafetería. LUIS DURET sabía que el Sistema Inteligente de Regulación del Tráfico Urbano monitorizaría y registraría sus movimientos a través de la conexión con su coche. Si dominabas la programación y los protocolos de comunicación   el generar recorridos falsos era una forma mas de entorpecer la vigilancia. En cuanto terminó de crear sus supuestos desplazamientos Luis Duret se acomodó aún mas en el asiento y se relajó sabiendo que el sistema de su coche autónomo registraría y enviaría todos esos desplazamientos al ordenador principal de gestión del tráfico, todo el recorrido, desde la supuesta salida del edificio hasta una larga parada final. Pero a él eso era sencillo, sus conocimientos informáticos, así como su gran experiencia en sistemas de información le capacitaban para ello y mucho masen realidad su coche realizaría un recorrido muy diferente. Lo único que quería Luis era entretener al sistema, quizá despistar algo a los supervisores y, sobre todo realizar con seguridad sosegadamente y sin dejar rastro sus próximos movimientos reales, así que continuó manipulando y revisando archivos, anulando sensores y burlando protocolos de seguridad cómodamente instalado en el asiento mientras escuchaba arias de Puccini, Verdi, Bizet, Donzetti y otros clásicos, *Nessun Dorma*, *Una Furtiva Lacrima* y *Va, Pensiero* le inspiraban especialmente. Pasados diez minutos había acabado el trabajo. No podía permanecer allí por mas tiempo porque se arriesgaba a que cualquier dispositivo de seguridad y control en ronda por el edificio detectara su presencia y diera la voz de alarma.

Pasado ese tiempo ordenó al coche dirigirse a la franquicia *Forever Donuts* donde previamente había encargado unos donuts de chocolate desde la consola. Del vehículo. Para salir del edificio sin ser detectado creó digitalmente un permiso especial para su coche con el que anulaba la intervención de los sensores de salida. Las barreras se abrirían a su paso sin intervención del ordenador del edificio. Nada quedaría registrado más allá de la salida correspondiente al recorrido programado artificialmente por Luis Duret.

En apenas unos minutos el vehículo alcanzó su destino y se detuvo en la puerta del establecimiento de venta de donuts.

Cuando Luis Duret entró en la franquicia Master Donuts se dirigió al cuarto de baño y allí, con un pequeño móvil de una generación muy antigua y un software creado por él mismo, se conectó a su coche estacionado en el exterior, se introdujo en su sistema y cambiando algunas líneas de programación y unos cuantos parámetros hizo creer al cerebro electrónico del vehículo del coche estacionado en el exterior, que él seguía en su interior y se desplazaban siguiendo el largo recorrido programado con anterioridad, en ese momento, supuestamente, se desplazaban hacia un popular complejo de ocio con sala de conciertos y un pabellón para competiciones de *Fornite real, también le hizo creer* que en el casino virtual del complejo había permanecido durante unas horas jugando al póker. Después cargó en la memoria del coche más y más enrevesados recorridos para los días siguientes, con eso simularía su actividad durante varios días. Acto seguido desactivó todos los controles automáticos del coche, anuló su cerebro y desactivo su procesador principal devolviéndole a la tecnología del siglo XXI: control de tracción, dirección asistida, DSP y gestión del motor hibrido: eléctrico, agua e hidrógeno. Esas serían las únicas ayudas a la conducción que permanecerían activas a partir de ese momento.

Antes de salir del cuarto de baño Luis Duret activó el funcionamiento de una tarjeta de identificación que llevaba guardada en su bolsillo y que le hacía invisible anulando su identidad para cualquier sistema de control del Gobierno, incluidas las cámaras de vigilancia con reconocimiento facial que escrutaban todos los rincones.

Con esta tarjeta plenamente operativa él era un ser anónimo, sin rostro, un fantasma indetectable y no identificable, salvo que cometiera el error de utilizar alguna de las redes de comunicación gubernamentales, lo que nunca hacía. Él y su grupo siempre utilizaban el web fractal, una evolución muy avanzada de lo que se denominó en el siglo XXI web profunda o web oscura. Los enlaces fractales eran más rápidos, eficaces y seguros que sus precursores, además de absolutamente privados.

Nadie era capaz de reconstruir los resultados de una navegación en la web fractal y rastrear su origen.

Luis Duret recogió los donuts encargados online y pagados en modo remoto con micro bitcoins, salió de la pastelería, subió al coche y se acomodó en el asiento del conductor. Esta vez nadie le saludó, ningún asiento se ajustó a su fisonomía y todos los controles permanecían apagados y en silencio.

Luis Dure manipuló rápidamente unos cables ocultos detrás de un panel disimulado en el techo del vehículo. Y todo se encendió al instante, se lanzó entonces a manipular otra vez la consola central del vehículo, tenía que hacer creer al coche que transportaba una persona con alguna identidad de lo contrario se activaría una rutina de seguridad imposible de desactivar, sonaría una estridente señal de emergencia y todo su plan fracasaría. Los vehículos estaban todos programados para trasportar personas y reportar su presencia una vez identificadas éstas al sistema central. Este protocolo estaba blindado, si la identificación automática fallaba saltaban todas las alarmas. Luis Duret, sonriendo y con calma, introdujo en el momento preciso la secuencia y los datos de la identificación falsa y opaca a los lectores faciales que llevaba al tiempo que volvía a activar los sistemas principales.

– *Hola sr. Bond, ¿donde vamos hoy?*

– La voz del ordenador de abordo sonó fuerte y clara. Engañar al coche y que éste le reconociera ahora como James Bond hizo soltar una sonora carcajada a Luis y pintó una mueca de satisfacción en su rostro.

Luis continuó manipulando la consola del vehículo y la voz computarizada *volvió a sonar:*

– *Ok Bond, Vamos a proceder al desplazamiento seguro e invisible a la calle café número 33*

– *Por favor introduzca nuevamente su clave de seguridad.*

Luis Duret había pedido al coche, de nuevo activado, una navegación secreta e invisible hacia donde se encontraba su refugio. Este tipo de navegación no dejaba ningún rastro, pero sólo la podían utilizar los agentes del Gobierno. Hacía falta una clave especial y Luis Duret tenía una válida conseguida a través de un servidor remoto que un día perteneció a los servicios de seguridad del Estado y al que Luis Duret había accedido con la habilidad que le caracterizaba. El servidor estaba situado en un centro de investigación gubernamental de muy bajo nivel y muy poco protegido, habitualmente en esos sitios había fallos en la seguridad y fisuras por las que colarse. Para Luis fue muy sencillo obtener allí el código para los recorridos invisibles. Luis Duret introdujo la clave y sonrió al pensar que cuando los sistemas de rastreo detectaran que un tal James Bond se desplazaba por la ciudad sin supervisión él ya habría borrado todos los datos y dejado exclusivamente en los registros su ya famosa firma de hacker: "A", las siglas de Anonymous, una organización radical clandestina del siglo XXI a la que Luis Duret admiraba y citaba muchas veces como fuente de inspiración de alguna de sus ideas y ejemplo para sus actividades subversivas.

Anonymous significaba justo lo contrario de aquello que estaban aplicando los gobernantes: el uso de las nuevas tecnologías para fomentar la trasparencia, la participación, el compromiso y la acción política de todos y cada uno de los ciudadanos, una forma revolucionaria de alcanzar el bienestar, la justicia social y la libertad.

En apenas una hora llegaron a su destino el supuesto agente James Bond y su coche indetectable.

Luis Duret alcanzaba sin novedad su refugio, un edificio de piedra muy antiguo y bastante destartalado que había sido monasterio franciscano hacía por lo menos 2.500 años. Era un conjunto religioso monumental que albergaba en su interior una capilla, un antiguo panteón con hermosas tumbas de reyes de la era predigital, una biblioteca, una antigua hospedería, y muchas salas de reunión. Disponía, además, de una gran cocina y hasta de un pequeño huerto. El edificio había quedado encajado entre modernísimos rascacielos de acero y cristal, así que los gruesos contrafuertes de piedra de su nave central y la arquitectura peculiar del conjunto contrastaban con éstos. nadie podía imaginar ese tipo de estructura y esos materiales en ese lugar de la ciudad y nadie podía sospechar que tras su fachada lateral completamente lisa y la puerta de cuatro arquivoltas semicirculares rematadas con alternancia de boceles y escocias se encontrara el refugio de Luis Duret, el lugar era anacrónico y misterioso. En su interior, protegido por los anchos muros, se encontraba también un claustro al que se accedía atravesando dos pórticos, estaba muy bien conservado y se podían recorrer sus cuatro galerías separadas de un cuidado jardín por arcos y grupos de columnas gemelas cuyos capiteles estaban adornados por cabezas de bóvidos y escenas eróticas. En el centro del jardín se alzaba una hermosa fuente gótica vigilada por cuatro leones rampantes.

Allí, apartados de la vorágine vivían en comunidad Luis Duret y sus camaradas. Habían preparado bien el edificio, lo habían dotado, por ejemplo, de numerosas antenas emisoras de señales de radio multifrecuencia distribuidas por ábsides y tejados que producían problemas de estabilidad e interferencias a los drones de vigilancia indiscretos y a los sistemas de radioescucha.

La conexión a internet del complejo la obtenían mediante satélite a través de un satélite de comunicaciones ruso que fue abandonado a finales del siglo XXI y que Luis Duret había conseguido activar y poner a trabajar a su servicio, Además, gracias a otra artimaña de Luis Duret, todo el complejo estaba registrado en el catálogo de bienes de la Iglesia católica y por tanto era inviolable.

Todas las confesiones religiosas mundiales y mayoritarias habían unido sus fuerzas a principios del siglo XXII para protegerse de las políticas laicistas de la mayoría de los Gobiernos, así que, con el fin de evitar un conflicto religioso-civil y tras varias conferencias mundiales, se había logrado firmar un acuerdo entre los principales líderes religiosos y el Consejo Mundial de Mega Ciudades (CMMC), en virtud del cual éstas se comprometían a respetar y proteger los bienes materiales de las diferentes iglesias sin interferir en su funcionamiento interno ni en su economía. Igualmente, se respetaba la inviolabilidad de todos los Santos Lugares y los inmuebles declarados de cada confesión religiosa. A cambio, ninguno de los cultos predicaría contra el poder establecido. En concreto, la Iglesia Católica se comprometió a enterrar definitivamente la antigua Teología de la Liberación a cambio de esa inviolabilidad y de recibir en el Vaticano toda la información y recursos para aprovechar en su beneficio los avances tecnológicos en materia de comunicación y control de masas. A tal fin se creó un registro mundial de bienes e inmuebles religiosos que Luis hackeó y consiguió manipular para incluir en él el edificio que iba a ser su refugio.

El refugio era por tanto inexpugnable y seguro. Desde allí Luis Duret y sus camaradas utilizaban el web fractal para sus incursiones y sus acciones de pirateo informático. Desde allí se planificaban y lanzaban todas las acciones de resistencia y agitación del grupo Justicia Social.

<en cuanto llegó al edificio Luis reunió a los militantes más comprometidos en una de las salas y una vez se hubieron sentado todos alrededor de una gran mesa rectangular de madera tomó la palabra hablando con seguridad y pronunciando perfectamente cada una de las palabras, quería que se le entendiera perfectamente:

> — *Algo muy grave está sucediendo camaradas, Fernando ha conseguido la información completa y detallada de lo sucedido en una reunión del Consejo Mundial de Mega ciudades Y dirigentes y las noticias son inquietantes.*

– Por favor, Fernando, comparte con todos los camaradas lo que has encontrado.

Fernando era uno de los que vivían permanentemente en las instalaciones del monasterio, era, al igual que Luis, un experto en comunicaciones y en internet, se pasaba horas y horas buscado huecos de seguridad en servidores y sistemas para colarse a través de ellos y recopilar toda la información que fuera posible. Fue él el que intercepto hace unos años los mensajes entre unos directivos de la televisión local y varios periodistas en los que se podían leer sus confabulaciones para engañar al pueblo sobre el fenómeno OVNI. Fue él también el que interceptó un orden de registro y avisó a varios camaradas de que sus casas iban a ser asaltadas por los temibles "MRT" para que huyeran a tiempo, y se libraran de una segura detención. Así esos camaradas consiguieron huir a tiempo y se ocultaron en el Monasterio. Desde entonces habitaban el viejo cenobio y junto a Fernando y Luis Duret llevaban casi una década de proselitismo y acciones subversivas. En total no era mas de veinte camaradas, entre los que se encontraban Carlos, Enrique, Pedro, Antonio, y las infatigables Ester, Cristina, Marta y Ana. Todos militando activamente y trabajando por ver alumbrar algún día la Democracia Avanzada sobre las ciudades de La Tierra. Fernando era un militante ejemplar, combativo y leal, siempre dispuesto a echar una mano y capaz de sacrificarse por el bien de todos, siempre atento a su ordenador, buscando información útil o publicando consignas subversivas. Solía hacer equipo con Enrique que le proveía de material gráfico: imágenes, impactantes diseños, elaboradas animaciones y todo tipo de cartelería con lo que aumentaban la eficacia e impacto de sus mensajes políticos. Los dos hacían un tándem productivo, único y espectacular.

Fernando se levantó para reforzar la relevancia de la información que estaba a punto de compartir con el grupo:

> — *Esta vez hemos tenido mucha suerte, todo ha sido una casualidad. Luis me pasó un programa que rastrea cualquier tipo de dispositivo conectado a la red gubernamental, y los clasifica según su funcionalidad operativa, estado de uso, modelo y ubicación. Probé la aplicación y ya me conocéis, pasé unas cuantas horas revisando y analizando los resultados*
>
> — *¡Cómo siempre! Fernando,*

– eres un cotilla vicioso e incorregible, bromeó Ana que entre broma y broma no podía disimular su admiración por la dedicación y meticulosidad de Fernando.

Fernando prosiguió su explicación:

– Enseguida llamó mi atención la cantidad de animaloides que existen conectados a la red. Me entretuve entonces otro buen rato curioseando y mirando lo que había por ahí, era divertido. Encontré, claro está, muchos perros de todas las razas, gatos, hurones, serpientes, hámsteres y algunos conejos, también había algún león, muchos peces y hasta toros bravos. La ubicación de la mayoría de ellos eran hogares, y grababan simples escenas familiares o cumplían tareas de asistentes personales de forma similar a como hacían aquellos prehistóricos de Google y Amazon. De repente llamó mi atención un halcón peregrino, que es un animal magnífico, sagrado para los egipcios y también para los mayas. Como animaloide tenía funcionalidades operativas de grabación y almacenamiento de audio y video. De hecho, estaba a pleno

rendimiento grabando gran cantidad de información cuando yo lo detecté. Me entró entonces una gran curiosidad por ese dispositivo, así que empecé por geo localizar su posición. Y... ahí está la gran sorpresa y el inesperado descubrimiento: ¿a qué no imagináis dónde se encontraba ese cacharro?

– ¡No! Dínoslo ya.

– Suena interesante,

– ¡vamos!

Carlos, uno de los militantes más activos y aguerridos, comenzaba a ponerse nervioso debido al ritmo tan pausado que estaba imprimiendo Fernando a su explicación.

– Pues... estaba en el Edificio Nueva Esparta en la ciudad de Nueva Alejandría, que es donde tiene las oficinas de su gobierno Mark Miller, el súper intendente.

– ¿Y? ¿Algo más? Nos tienes en ascuas con ese halcón. Preguntó otra vez Carlos con insistencia.

– Sí, claro, con ayuda de uno de los programas de Luis accedimos a la memoria principal del animaloide y nos descargamos toda la información registrada hasta ese momento.

– *¿Qué era?, ¿qué visteis? ¿Algo interesante? Insistía Carlos.*

– *Todos los archivos eran referentes a una reunión que los poderosos de este planeta acababan de tener con nuestro odiado amigo Jamie Burn, como sabéis, el responsable de la empresa de tecnología que provee al gobierno de Mega Roma y al de otras ciudades de todas las herramientas de control social: el sistema de escucha, el de censura en la red y el de fabricación de noticias falsas*

– *Hemos tenido la suerte de interceptar al ciberanimal justo al finalizar la reunión y de que éste había estado grabando todo lo sucedido en esa reunión, de principio a fin. Tenemos todas las imágenes y todo el audio de la reunión. La casualidad ha querido que Hayamos podido captar la grabación en el momento adecuado, antes de que alguien la borrara. Pura casualidad.*

– *¿y de qué trataban?*

– *¿Qué tramaban esos puercos? Carlos ya no podía aguantar más su curiosidad.*

– *Es muy grave, escuchad, continuó hablando Fernando, esta vez paseando con solemnidad de derecha a izquierda por la sala de reunión.*

— *Planean, en un plazo de dos años o quizá en menos tiempo, fabricar soldados-robots, armas letales inteligentes y autónomas para lanzarlos contra todo aquel que se rebele, proteste o altere el orden. Serán fuerzas de represión sin alma ni piedad, capaces de todo para impedir cualquier tipo de contestación al sistema. Estamos jodidos. Están ya en plena fase de fabricación en masa pues parece ser que llevan ya bastante tiempo dedicados a su diseño y desarrollo.*

En ese punto tomó la palabra Luis Duret.

— *Camaradas, llevamos años burlando a la policía y a las fuerzas represivas. Hemos conseguido permanecer activos con mucho esfuerzo, valor y dedicación. Empezamos esta lucha muy pocos, fuimos modestos y realistas, abandonamos sueños inalcanzables y la locura de la revolución heroica y de la conquista del Estado por la violencia. Reflexionamos y estudiamos las causas de los grandes cambios sociales volvimos a los principios, a la base para hacer política, a lo fundamental: tomamos conciencia de la situación y nos lanzamos a evangelizar, a explicar nuestra visión del mundo a todo aquel que nos quiso escuchar. Fuimos a las tierras del Norte, a los suburbios de todas las ciudades y a los recónditos lugares del África superviviente. Muchos camaradas han viajado de Este a Oeste dejando siempre un mensaje, una frase, un lema, una poesía. Y se han sacrificado, siempre arriesgando su seguridad, siempre amenazados, siempre en el filo de la navaja. Otros se han batido en la red difundiendo nuestros mensajes a riesgo de ser descubiertos. Yo mismo arriesgo todo cada vez que voy a mi casa y pernocto allí unos días simulando normalidad para mantener viva mi tapadera de tecnólogo y mis contactos oficiales. En todos los casos hemos estado solos y solos hemos sobrevivido despistando y burlando a todos los sistemas de vigilancia. Solos hemos luchado, clandestinamente, a cuerpo, a la intemperie, inasequibles al desaliento. Hemos batallado en cada rincón del planeta donde sabíamos se cometían injusticias y explotaciones o en cada lugar en la red donde se faltaba a la verdad y a la razón. Una y otra vez lanzamos nuestras ideas, Sin perder el foco, sin caer en desviaciones ni rendirnos, ganamos con ello algunos adeptos, muy pocos, pero esos pocos han expandido a su vez nuestro verso revolucionario. Como resultado, desde hace unos meses, la disidencia crece en todo el lejano norte y más concretamente en Groenlandia, en las colonias árticas, en África y en algunas islas independientes que resisten perdidas en mitad de los océanos. La bandera está izada y se han producido ya algunas pequeñas revueltas. Sabemos por la grabación que ha obtenido Fernando que el Gobierno está inquieto y preocupado por ello.*

— *¡Qué se jodan! Gritó Carlos.*

— *Sabemos también que están pensando lanzar contra las poblaciones rebeldes sus futuros soldados-robot en cuanto éstos estén operativos.*

– *¡Eso será una masacre!* Ana lanzó un grito como si se tratara de un pajarillo asustado por el ruido de una escopeta y se abrazó a Ester que mostraba también evidentes signos de temor y nerviosismo.

– *¡Tenemos que hacer algo! Interrumpió Cristina, la más resuelta y combativa.*

Cristina, pareja de Carlos tenía cierta experiencia en la lucha subversiva, ella había dirigido un comando de acción que en una ocasión había intentado ocupar las instalaciones de una pequeña televisión barrial en un distrito de Nueva Roma el comando pretendía emitir contenidos audiovisuales en contra de Charlie y sus políticas.

Aquella acción se saldó con la intervención de la Unidad especial de represión, 10 camaradas detenidos, torturados y deportados a la estación espacial Alcatraz, prisión orbital de máxima seguridad de donde nunca saldrían salvo para ser enviados a colonizar algún nuevo exoplaneta recién descubierto donde las posibilidades de encontrar la muerte eran muy elevadas.

Desde entonces Cristina estaba en busca y captura y era una de las más perseguidas activistas.

CAPITULO 8. "¡A LA CALLE! QUE YA ES HORA

Cristina, Marta, Fernando y Luis Duret llevaban unas semanas intentando encontrar un plan sólido y eficaz que les permitiera hacer frente a la represión que previsiblemente el Gobierno iba a ejercer sobre los incipientes focos de rebelión en cuanto sus nuevas armas autónomas e inteligentes estuvieran preparadas. El conocimiento de lo tratado y acordado a este respecto en la reunión celebrada por los líderes mundiales en la sede de Gobierno de Nueva Alejandría había hecho saltar todas las alarmas entre el grupo de resistentes ocultos en el Monasterio, su refugio, convertido ahora en cuartel general y centro de operaciones. Nada conseguía l convencerles plenamente, todas las ideas que se proponían les parecían absurdas y abocadas al fracaso o al suicidio, una tragedia para los intereses del grupo. Tan sólo, hacía unos días, habían acordado enviar a Carlos, junto con algunos camaradas voluntarios y disponibles, hacia el territorio de Groenlandia para participar y colaborar en la revuelta de los nuevos campesinos y agricultores que allí empezaba a hacerse visible en los centros de explotación y distribución de alimentos. Cristina había insistido en marchar con él porque no quería dejar a su amor solo en tan arriesgada misión, pero Luis le pidió el esfuerzo de quedarse para seguir buscando conjuntamente estrategias y tácticas de defensa ante la catástrofe que se avecinaba. Luis y Cristina siempre componían juntos una dupla creativa muy productiva y potente En cuanto Carlos hubo abandonado el Monasterio junto con los otros camaradas voluntarios Luis Duret y Fernando empezaron a interferir en todas las cámaras y redes de comunicación de todas las mega ciudades y las principales vías de comunicación para facilitar el desplazamiento y la actividad de sus correligionarios sin ser detectados por el sistema de vigilancia.

Durante unas semanas esas cámaras sólo podrían registrar una extraña neblina que impedirá al sistema dar algún aviso o hacer alguna identificación.

Una vez en el territorio de Groenlandia, Carlos y los demás camaradas desplazados, se desplegaron utilizando las rutas seguras que les había facilitado Luis Duret. Allí por donde pasaban colocaban pancartas holográficas y enviaron videos a cualquier pantalla, monitor o dispositivo que pudiera ser interceptado e intervenido por sus micro emisores móviles. Usaron, incluso, la muy antigua táctica de pintar sus consignas y denuncias en cualquier pared o superficie que podían aprovechar, utilizaban eso sí, una moderna pintura digital de última generación con la que era posible pintar dibujos, textos o gráficos controlados desde un teléfono móvil, siempre y cuando éste se encontrara a menos de un kilómetro de la superficie elegida para la pintada. Los espráis que llevaban podían convertir cualquier superficie en una auténtica pizarra digital de gran luminosidad al utilizar materia orgánica que al activarse producía gran rendimiento lumínico. Las pintadas digitales eran visibles de este modo desde grandes distancias y era muy cómodo, limpio y seguro rociar cualquier pared con uno de esos espráis, convertirla en pizarra digital y llenarla después de contenido desde el teléfono móvil pareado con el espray. Pueblo a pueblo y distrito a distrito convocaron también muchas asambleas populares en edificios religiosos protegidos, boicotearon cuantas instalaciones pudieron y anularon cámaras y sensores de control. La llama de la revolución se propagaba con rapidez. Los hombres y mujeres que escuchaban sus ideas y los mensajes libertadores llenaban sus pechos del aliento de las causas justas y permitían que sus corazones latieran al ritmo generoso de la voluntad de servicio y sacrifico. Todos juntos, Carlos, los activistas y quienes se iban sumando a la causa Iniciaron una larga marcha hacia la mega ciudad más cercana a las grandes extensiones de producción agrícola donde había empezado la protesta popular. El epicentro de ésta se encontraba junto a os restos arqueológicos del milenario obispado de Garoar situados en un área llamada Igaliku Parecía que loa cimientos de la antiquísima catedral daban valor a los hombres y allí se celebraban gran número de reuniones y mítines clandestinos. La mega ciudad que los rebeldes pretendían atacar se llamaba "Big Thule" en honor de una antigua base aérea clave en el desarrollo de esta antaño remota e inaccesible tierra. Presos de ardor revolucionario los insurrectos querían ocupar la sede del Gobierno de "Big Thule" y deponer al actual superintendente de la ciudad, Avanzaban animosamente hacia ella, estaban a punto de superar la montaña nuuluk y desde su cima de 823 metros podían observar una verde y fértil meseta de extraordinarias dimensiones que se extendía hasta llegar a un impresionante fiordo ártico. Casi en el centro de esa meseta se divisaban ya los altísimos edificios de Big Thule. No era ésta una mega ciudad del tamaño y población de las ciudades americanas europeas o asiáticas. Normalmente 50 veces más grandes o incluso mucho mas, pero fácilmente albergaría más de 100 millones de habitantes Al principio de la marcha revolucionaria eran unos cientos los hombres y mujeres que iniciaron el camino hacia su destino histórico y su trascendente misión, pero en unos días esos cientos se convirtieron en miles y en menos de cuatro meses la cifra de revolucionarios caminando sobrepasaba los dos millones de personas. y El número seguía aumentando día a día.

Carlos caminaba junto a los grupos de vanguardia siempre dispuesto a echar una mano allí donde se le necesitara.

Carlos disponía de toda la información relativa a vías de acceso, posición exacta de edificios, elementos de vigilancia y sistemas de seguridad de la ciudad que le facilitaba Luis Duret apoyando la operación telemáticamente.

CAPITULO 9. LOS SOLDADOS-ROBOT

En Nueva Alejandría Jamie Burn comunicaba a Mark Miller la ejecución con éxito del proyecto de los robots-soldado:

- *Tenéis a vuestra disposición medio millón de soldados-robots dotados de inteligencia artificial y del armamento disuasorio y letal más avanzado. En su cerebro hemos introducido el conocimiento y los métodos de las fuerzas represivas más duras de todos los tiempos: la policía de los años del apartheid de Sudáfrica, de la dictadura de Pinochet y de la argentina de Videla y, por supuesto, los de la Gestapo nazi. Esos robots han asimilado también todo el entrenamiento y la experiencia de las fuerzas especiales Alfa y Vympel del antiguo Servicio Federal de Seguridad ruso y los métodos de represión de la antigua KGB soviética.*
- *Esto último le va a encantar al súper intendente Lebedev, añadió sonriendo Mark Miller.*
- *¿Me aseguras que serán eficaces?*

□ *Por supuesto, pero para asegurarnos hemos introducido, además, en su memoria, videos históricos de actuaciones del BOPE, el Batallón de Operaciones Especiales, la fuerza de élite de la policía brasileña, que actuaba hace muchísimo tiempo en las favelas de las antiguas ciudades de Río de Janeiro y Sao Paulo.*

□ *¿Su funcionamiento es complejo?*

□ *Muy sencillo, como te prometí, no responden a ningún sofisticado algoritmo, por tanto, no son reprogramables en ese sentido. Son inteligentes y aprenden. Con cada actuación reforzarán sus conocimientos y habilidades. Serán cada vez más eficaces.*

□ *Sólo tienen una orden básica: destruir al enemigo hasta su eliminación total; sólo tienen que indicarles cuál es el enemigo y ellos lo destruirán. Y, conforme más se enfrenten a él, aumentará su capacidad y destreza requerido para eliminarlo.*

□ *¡Genial! ¿Habéis hecho alguna prueba con ellos?*

☐ *Hemos hecho cálculos y simulaciones. Cada uno de los soldados-robot podría reducir y en su caso eliminar a más de 1000 enemigos subversivos.*

☐ *Por otra parte, aprovechando una gran revuelta que tuvo lugar en uno de esos países-cobaya del África central, uno de esos que los Confederación Mundial de Ciudades utilizáis para realizar experimentos clínicos, pruebas virológicas y simulaciones con población real, enviamos para sofocar esa revuelta revolucionaria a cien de nuestros soldados robot. Se enfrentaron, en un territorio hostil y desconocido, a una aguerrida guerrilla de más de cien mil unidades operativas bien pertrechadas. El resultado no pudo ser más satisfactorio para nosotros: en menos de un mes no quedaba un solo foco de resistencia y todos los líderes de la guerrilla estaban muertos o habían sido capturados.*

☐ *Haz tus cálculos, Mark. con esta primera entrega de máquinas podrías enfrentarte con garantía de éxito a más* de 500 millones de elementos subversivos. Eso significaría dominar toda la población del planeta cuando tengamos terminada toda la producción de soldados robot que será de 50 millones de unidades operativas y armadas

☐ Perfecto. ¿Cuándo podemos disponer de ellos? Los problemas en el Norte se multiplican y temo que habrá que enviar allí algunos cuanto antes.

☐ Ya mismo, en unos días pueden están preparados con todo su equipo y listos para ser conducidos en trasporte-cápsula donde haga falta.

☐ Ok, gracias, daré las órdenes oportunas. Y se lo comunicaré al Consejo.

☐ Tú ten todo dispuesto.

CAPITULO 10. "VOLVERÉ Y SERÉ MILLONES"

El Monasterio estaba en silencio, solo de vez en cuando, un pájaro solitario y despistado batía con fuerzas sus alas surcando los altos techos mientras buscaba con insistencia una salida que le liberara de la monacal prisión. Los anchos muros y la piedra milenaria eran mudos testigos de las ansias de libertad del pajarillo. La escena inspiraba cuando menos ansiedad e inquietud, la impotencia del ave en buscar una salida parecía un reflejo de la situación a la que se enfrentaban los habitantes del Monasterio. hacía unos días algunos de los que todavía permanecían allí escondidos habían decidido abandonar la seguridad del recinto para partir en busca de Carlos y unirse a él para un último enfrentamiento contra el sistema. Luis Duret y los restantes miembros del grupo continuaban con su encierro, muy preocupados y ocupados todo el tiempo en tareas de apoyo, logística y distracción para reforzar el trabajo de los desplazados, simultáneamente no paraban de pensar y discutir otras opciones y tácticas que pudieran impedir su prácticamente segura derrota y aniquilación.

Cada día y durante largas horas el claustro era testigo de los paseos solitarios de Luis Duret por todas y cada una de sus galerías. Iba y venía arriba y abajo deteniéndose de vez en cuando a escuchar el sonido del agua brotando con alegría de la hermosa fuente del jardín. Lo que antes era un escenario inspirador ahora sólo le producía angustia y desasosiego. Por primera vez en su vida Luis no encontraba solución a un problema que se le presentaba amenazante e inminente. Tal era su inquietud que la angustia se iba apoderando de él. Sentía que iba a defraudar a todos los que confiaban en su guía. Nunca había fallado y, ahora, muchos dependían de él y con seguridad esperaban confiados sus soluciones siempre creativas y salvadoras. Pero, precisamente ahora, no encontraba ninguna y sentía todo el peso de la responsabilidad sobre sus espaldas, sentía desde la distancia que muchos estarían en peligro y pensarían en el Monasterio como la fuente de inspiración y sabiduría que resolvería sus problemas y los liberaría. Esa era su percepción y eso le dolía en lo más íntimo, le retorcía las entrañas y no le dejaba apenas respirar y mucho menos pensar con claridad.

Paseando mitigaba algo su ansiedad, entreteniéndose en imaginar escenas de la vida monacal, lenta y sosegada al servicio de un Dios generoso y providencial. Absorto en esos pensamientos, encaminó sus pasos hacia la Biblioteca, e imagino allí a los primitivos clérigos seguidores de la regla de San Benito que dividían la jornada entre el trabajo manual, la oración y la lectura ("ora et labora"). Luis recordaba que la lectura, según la regla (rezo, escribo, leo), podía llevarse a cabo en las celdas o en el claustro y también en forma de trabajo traduciendo o copiando los libros ya existentes para dejar a futuras generaciones muestra y constancia del conocimiento al tiempo que preservaban valiosos textos y les daban la posibilidad de ser nuevamente leídos a lo largo del tiempo y expandir sus enseñanzas. Luis dedico un buen rato a buscar afanosamente entre los viejos estantes muy bien conservados de la antigua Biblioteca el catálogo del fondo monacal. Al fin lo encontró y una vez desempolvado pudo comprobar que él número de volúmenes que allí se halaban no llegaban a sobrepasar los 500. Al final de la detallada relación de los mismos Luis pudo leer la frase *"Claustrum sine armarium, quasicastrum sitie armentario"*.

Escrita con tipografía gótica. Sin duda se refería al *armarium*, lugar donde se guardaban los preciados libros litúrgicos. La frase en consecuencia venía a decir algo así como "un convento sin libros es como un castillo sin arsenal". Luis se interesó por quien había podido ser el autor de tan interesante y reveladora frase y encontró en la red que el mérito era de Geoffrey de Breteuil, un monje y teólogo medieval que defendía el valor de la biblioteca como el lugar en que los miembros de una orden se *arman* espiritualmente para la lucha cotidiana.

"Los libros como munición del espíritu guardados celosamente para "armar" a los moradores del convento", pensó Luis.

Debajo de la frase en latín y con tipografía moderna se podía leer otra frase escrita con un tamaño de letra muy pequeño: "fondo digital disponible. Última actualización, 10 millones de entradas".

El corazón de Luis dio un vuelco, sin duda, este monasterio había permanecido en activo desde los muy lejanos albores de las órdenes monacales, allá por la casi olvidada era medieval en el siglo XII hasta el final del siglo XXI, donde el uso de los formatos digitales era ya frecuente y, afortunadamente, se consolidó la costumbre de la creación de grandes fondos documentales digitalizados. Sin duda alguna, Los monjes que allí oraron y trabajaron a lo largo del tiempo y en diferentes eras, habían creado y preservado, además de un fondo de viejos libros, manuscritos e incunables, un fondo digital de libros, videos y archivos digitales de más de 20 millones de registros, obra, sin duda, de clérigos y documentalistas del siglo XXI.

Luis Observó entonces la sobrecogedora presencia de una hilera de viejos pupitres de madera que parecían hacer guardia perenne en la antigua biblioteca y meditó sobre el gran trabajo realizado por los monjes, los modernos y los de la ya tan lejana Edad Media, recopiladores de libros y escritos únicos y singulares que fueron salvados del olvido para alimentar permanentemente el alma de la humanidad. Reparó también en que, aun siendo los pupitres muy antiguos, todos sin excepción tenían un añadido metálico que parecía ser un soporte o base para ordenadores portátiles. El soporte mostraba los habituales puertos de conexión y entradas de red. Seguramente, dedujo, en este Monasterio no sólo se copiaron manuscritos y libros antiguos, sino que monjes más avanzados tecnológicamente y en épocas modernas se dedicaron, a buscar y seleccionar en internet archivos de interés espiritual o humano, a catalogarlos y a subirlos después a un servidor que a buen seguro se encontraba escondido en algún lugar recóndito y seguro del recinto monacal. Todo ello desde sus pupitres con conexión en red. Y todo "con el fin de armarse espiritualmente para la lucha cotidiana", esa frase retumbaba en la cabeza de Luis una y otra vez.

Se acercó entonces a uno de los pupitres para cerciorarse de las características exactas de los puertos de comunicaciones que había observado en la distancia. Eran ciertamente conexiones de red de alta velocidad. Lo que vio le dejo sorprendido: el soporte metálico disponía de toda clase de puertos: USB, RJ FIRE WIRE, SATA y diferentes entradas de red, también conservaba grabado sobre su superficie el símbolo universal de conexión wifi y bluetooth.

En la superficie de madera de los pupitres había algunas inscripciones, realizadas, parecía ser, con un objeto punzante o algo similar. Le recordaban a las viejas inscripciones que se veían sobre las mesas del antiguo aula de Fray Luis de León situada en la Universidad de Salamanca y que muchas veces se había entretenido en descifrar cuando la visitaba. En el pupitre que estaba inspeccionando le llamó poderosamente la atención una inscripción: "*Aequam memento rebus in arduis servare metem*" (*recuerda mantener la mente serena en momentos difíciles*).

Todo lo que veía parecían mensajes o señales dejados allí para él: la existencia del fondo documental digitalizado, la frase de Geoffrey de Breteuil, las conexiones de red y esta última inscripción. ¡Sí! Debía mantener la calma, buscar en su interior, pensar y encontrar armamento para el espíritu.

En esos momentos recordó que él mismo al igual que los monjes con du *Armarium* disponía de textos almacenados, eran algunos, muy importantes para él, grabados en la memoria de su viejo teléfono móvil y que de vez en cuando los leía y releía cuando estaba bajo de ánimo, falto de ideas y su espíritu necesitaba recuperar la creatividad.

> ☐ *"Ahora sería un buen momento para eso" pensó.*

Cogió su teléfono, seleccionó su aplicación de libros electrónicos y textos en PDF y, en un rincón tranquilo de aquella maravillosa biblioteca, se dispuso a abrir y leer el primer archivo de la lista: "Volveré y seré millones", un poema de José María Castiñeira de Dios escrito en 1962 (siglo XX):

Yo he de volver como el día

para que el amor no muera

con Perón en mi bandera

con el pueblo en mi alegría.

¿Qué pasó en la tierra mía

desgarrada de aflicciones?

¿Por qué están las ilusiones

quebradas de mis hermanos?

Cuando se junten sus manos

volveré y seré millones.

Luis quedó pensativo tras la lectura del emotivo poema, de inmediato, con sus versos repicando en su cerebro, fue a dar el enésimo paseo por el claustro y, después de unos momentos de meditación, se detuvo y dio un respingo como si algo le hubiera sobresaltado, en esos momentos su rostro se iluminó, alzo los brazos al cielo cómo dando gracias por la luz que le iluminaba e inició el regreso, dando grandes pasos, hacia la biblioteca. Mientras recorría las empedradas galerías llamaba a grandes voces a Marta, Cristina y Begoña, las únicas que quedaban ya en el Monasterio, requiriéndoles para encontrarse con él en el interior de la biblioteca a la mayor brevedad posible.

Ellas le esperaban ya allí cuando Luis Duret llegó por fin a la biblioteca.

- ¿Qué ocurre? ¿A qué vienen esos gritos?

- Aquí estamos. Nos has puesto muy nerviosas

- Camaradas, aquí dentro puede estar la solución, aquí dentro. Siempre ha estado aquí.

Luis Duret comenzó a escudriñar con nerviosismo toda la estancia como si buscara algo de extrema importancia, de repente fijó su mirada en la hilera de viejos pupitres. Se sentó en uno de ellos, extrajo de la bolsa que llevaba colgada al hombro un viejo portátil y lo conectó a lo que parecía una antigua conexión de red mediante un viejo cable que encontró en uno de los bolsillos de la bolsa. tecleó por unos instantes en el antiquísimo portátil y tras unos tensos segundos de espera en los que no apartó sus ojos de la pantalla exclamó:

— ¡Funciona! ¡Tenemos conexión y acceso al servidor principal!

Las tres mujeres se miraron perplejas

— Cuéntanos Luis, ¿Qué significa todo esto?

— ¿Has encontrado alguna solución para ayudar a Carlos y los demás?

— Aquí están todas las soluciones, queridas, el sitio exacto donde estoy yo ahora era un scriptorium, el lugar de la biblioteca donde los escribas monásticos se dedicaban a leer y copiar libros con el fin de preservarlos e intercambiarlos con otros monasterios. Aquí, además, durante algún tiempo se debieron modernizar bastante y se dedicaron a buscar textos, archivos de todo tipo y documentos que estaban ya digitalizados. Una vez seleccionados los subieron catalogados, a un servidor para su conservación y facilitar así su consulta cuando fuera necesario. Tengo una idea que puede salvarnos a todos, a nosotros y a la humanidad. En realidad, la idea no es mía sino de un antiguo monje que la dejó escrita en este Monasterio una frase para la posterioridad: "hay que armarse espiritualmente para la lucha cotidiana", dijo ese monje.

— Nosotros vamos a hacer algo parecido a lo que hacían aquellos laboriosos monjes.

— ¿El Qué?

— Vamos a crear un arma poderosa

— ¿cómo lo haremos?

— Ilústranos, estamos confusas.

— Escuchad, voy a dotar de conexión wifi actualizada de alta seguridad al servidor central. La que los monjes usaron debe ser ya obsoleta y nada fiable. Ese servidor debe estar en el sótano, la bodega o en otro lugar bien escondido de este complejo. también dotaré de esa conexión wifi *a toda esta* estancia y nos vamos a poner aquí todos a recopilar textos e información que conmuevan al ser humano y despierten en él anhelos de solidaridad y justicia. Ya os contaré qué haremos con esa información.

—   Lo primero es encontrar donde está escondido el servidor.

— ¡Salid y encontradlo! ¡No dejéis rincón sin mirar!

Las chicas salieron apresuradamente de la biblioteca y ya en el claustro lo recorrieron con rapidez para llegar a una puerta que daba acceso a la iglesia. *Allí permanecieron un buen raro inspeccionándola minuciosamente. Después salieron por la misma puerta y volvieron a recorrer el claustro para llegar, justo al otro lado del mismo, a una sala de grandes dimensiones y rica decoración, era la sala capitular o colegiata del Monasterio. Tampoco encontraron nada allí. Por otra de las galerías llegaron a la sala de profundis, antesala del refectorio o comedor, donde había largas mesas, bancos de madera y un pequeño púlpito. Todavía se podía sentir allí la presencia de los monjes comiendo en silencio mientras escuchaban los textos bíblicos que otro monje les leía desde ese modesto púlpito. Buscaron en cada rincón del comedor y también en la sala de al lado que habría sido la cocina y tenía bastantes huecos y recovecos. Desde allí accedieron a una estancia de planta rectangular abovedada con dos alturas. La parte de abajo estaba separada por tabiques.*

Cristina, visiblemente agitada y excitada por la búsqueda se dirigió a sus compañeras.

> *— Creo que sé dónde estamos ahora, era uno de los lugares más importantes del Monasterio. Esta estancia estaba protegida y cuidada por los hermanos legos de la comunidad. La llamaban cilla y estaba al frente de la misma un cillero o cillerero que era el encargado del abastecimiento de comida, bebida y leña para los hermanos y los huéspedes del Monasterio. El cillero buscaba todo lo necesario, lo almacenaba y calculaba las previsiones*

para asegurar la disponibilidad de lo indispensable en épocas de escasez o necesidad. El cillero era una persona clave, algo así como un conseguidor y un administrador al mismo tiempo.

- Parece lógico pensar que algo tan importante como el servidor central estuviera también bajo la protección del cillero.

- *Chicas, vamos a buscar con más detenimiento por aquí, ya no queda mucho por donde mirar, sólo esta sala y las celdas de la planta superior donde no creo que encontremos nada.*

- *Al cabo de un buen rato fue Marta la que detrás de un muro de mampostería y protegido por una vieja tinaja de barro encontró un pequeño hueco tapado con lo que parecía ser una pequeña puerta de madera. Tras la puerta, por una de sus rendijas, parecía adivinarse el perfil de una caja, un cofre o de algún aparato electrónico.*

- *¡Creo que está aquí! Gritó Marta presa de gran excitación.*

- *Las tres se acercaron al hueco, abrieron la pequeña portezuela y vieron un cubo de unos quince centímetros de lado que tenía un par de testigos azules ahora apagados, en otra de sus caras parpadeaba un diminuto e intermitente piloto rojo junto a una identificación adosada que informaba de la existencia en el interior de ese cubo de una unidad de memoria de varios Peta bytes(PB) y de una batería auto recargable de flujo, una de esas inventadas a finales del siglo XXI que podían durar décadas, fabricadas con materiales no tóxicos ni corrosivos y que se auto recargaban mediante los micro cambios de temperatura que hubiera entre sus extremos. Aunque el Monasterio disponía de paneles solares y aerogeneradores domésticos, sin duda era esa una buena solución para alimentar en reposo aun aparato tan importante y significativo como era un servidor de datos central.*

Las tres mujeres se abrazaron sonrientes y satisfechas

— este es el que buscábamos, ¡seguro! ¡Este es!

— Vamos corriendo a dar la buena noticia a Luis,

— Seguro que quiere venir a mirarle las tripas

Las chicas continuaron riendo y abrazándose durante unos minutos mas al lado del escondrijo donde habían encontrado el servidor de datos y salieron corriendo hacia la biblioteca no sin antes volver a cerrar con sumo cuidado la portezuela de madera que ocultaba el servidor.

En un momento llegaron a la biblioteca donde les esperaba Luis Duret.

> *– ¡Luis! ¡Luis! ¡Lo hemos encontrado!, Está aquí al lado escondido en una sala junto a la cocina, oculto detrás de un muro, una tinaja y una pequeña puerta de madera. Cristina dice que esa sala es la cilla del Monasterio.*

Marta se había enganchado, eufórica, al cuello de Luis Duret mientras no dejaba de dar explicaciones.

– El aparato se parece bastante a uno de esos antiquísimos ordenadores Apple Cube que tú me has enseñado alguna vez en fotos, Luis,

> *– A mí me parece precioso.*

– Perfecto, buen trabajo, contesto Luis desasiéndose de Marta y dándole un par de besos de agradecimiento y emoción controlada.

> *– Conozco donde está la cilla. Me voy a acercar a echar un vistazo a ese*

servidor, quiero comprobar que todo está en orden.

—   Las tres mujeres se miraron cómplices y sonrieron. Luis Duret continuó hablando:

—   Por cierto, os he dejado sobre los pupitres varios portátiles y dispositivos electrónicos de última generación, con gran cantidad de memoria disponible, potentes y ya conectados a la red.

—   Quiero que, con ellos, busquéis y recopiléis información de todo esto que os voy a decir:

—   Buscad textos y todo tipo de documentos de Federico García Lorca, del padre Múgica de Argentina, de Monseñor Romero de El Salvador, de Eva Perón, de Leonardo Boff y de Camilo Torres Restrepo. Buscad también escritos de Ortega y Gasset, Unamuno, Bertrand Russell, Simone Weil, Antonio Machado, Alberti y Gabriel Celaya.; De José Hierro, Gerardo Diego y Miguel Hernández. No olvidéis incluir historias como la del movimiento Solidaridad polaco, la de la Unión de los Sin Techo de Javier

Iglesias en Buenos Aires o la de Stephen Biko en Sudáfrica. Por último, añadid textos de autores ilustrados, buscad también discursos de Gandhi y Martin Luther King, la Declaración Universal de los Derechos Humanos y la de los Derechos del Niño. Incluid también el manifiesto "Russell – Einstein" en el que se exigía el cese inmediato de la escalada armamentística y fomentar el uso de la ciencia y la tecnología para defender los derechos humanos y mejorar la calidad de vida de la gente. Junto a todo esto buscad, como no, cuantos himnos a la paz, la justicia y la solidaridad podáis encontrar

— *¿Qué harás con toda su información?*

— *Un bonito experimento: comprobar cómo la inteligencia reacciona al alimento espiritual, una jugada a una carta, no tenemos tiempo para más.*

— *¡Cuéntanos los detalles, Luis! Estamos muy preocupadas y nerviosas por lo que pueda pasar en el Norte, ya sabes.*

– *¡Escuchad!, Con todo lo que recopiléis y espero que sea mucho, crearé un único fichero que reúna textos, imágenes, vídeos, música y todo lo que consigáis sobre movimientos y personas que se dedicaron en cuerpo y alma, a veces hasta la muerte, al bien común, personas que trabajaron y lucharon por cambiar las cosas y contribuyeron a la existencia de un mundo más justo. Cuando tenga ese fichero preparado interceptaré la señal del satélite que conecta con todos los robots-soldado y a través de la cual Nueva Alejandría y los del Consejo Mundial de Mega Ciudades les monitorizan controlando su posición y su estado de funcionamiento en todo momento. Utilizaré esa misma señal para cargar en sus cerebros el fichero con la información recopilada por vosotras.*

– Marta parecía muy inquieta, era sin duda la más nerviosa del grupo.

– *Pero Luis, el fichero ocupará mucho espacio ¿no?*

– *Todavía no he podido calcularlo, pero sí, será muy grande, el tamaño de archivo será enorme, de varios yottabits(YB) probablemente.*

– ¡Qué barbaridad! ¿Cuánto tardará, desde el momento que tú lo lances, en descargarse en los cerebros de los soldados-robot?

– No lo sé, Y ese es el momento crítico, esperemos que nada ni nadie se percate de nuestra emisión hasta que todo esté descargado en los cerebros de esas bestias metálicas. Voy a emplear, para la comunicación y la descarga, un nuevo protocolo de mi invención y espero reducir mucho el tiempo de descarga. La rapidez de carga es de vital importancia para el éxito de esta maniobra, espero todo salga bien.

– Y ¿qué pasará después?

– Eso sí que es una incógnita. No sabemos cómo reaccionará la inteligencia artificial de esos cacharros. No tenemos experiencia, esto no se ha hecho nunca.

– Yo confío en la magia de la sinapsis neuronal. Aunque la red neuronal de esos autómatas sea una réplica de la del hombre y haya sido creada por ordenador, el milagro de la vida, aun embriagada de ciencia, siempre es posible.

Los cuatro se miraron y en sus rostros brilló la luz de la esperanza.

- *¡Vamos!*
- *¡Elegid el pupitre que más os guste!*
- *¡Coged cada uno un dispositivo electrónico o un portátil y a trabajar todos! ¡A dar lo mejor de nosotros mismos buscando información!*

En aquella sala del Monasterio y en aquellos viejos pupitres pasaron horas y horas con sus tabletas, portátiles y móviles buscando, clasificando y agrupando información. La escena era singular y emocionante. En un entorno rescatado de la Edad Media todos parecían monjes transportados a través del tiempo que ya no trabajaban sobre antiguas tablillas de madera sino sobre modernísimas tabletas donde la información encontrada se iba gestionando con gran eficacia. Las chicas, totalmente concentradas, catalogaban con gran dedicación, a menudo encontraban perdido en el servidor o en algún lugar de la red un fichero que les trasmitía fuerza y les animaba a seguir con el trabajo, inmediatamente, ese fichero era incorporado también a la recopilación conjunta .Así ocurrió con algunos discursos del siglo XXI, por ejemplo, con los discursos de Malala Yousafzai y Emma Watson en las Naciones Unidas, con la apelación de Michelle Obama por la educación, con el de Gloria Álvarez en el Parlamento iberoamericano y el de Rigoberta Menchú en la entrega del premio nobel de la paz.

CAPITULO 11. NUEVA PRIMAVERA

Al fin, Luis Duret pudo disponer de un único documento de 50 Yottabits con todo lo que había pedido. En él se encontraban recogidos siglos de lucha y conquista, entre esos bits se encerraba la emoción desaforada por la libertad; la felicidad de un emigrante cuando es acogido en tierra extraña; la palpitación de los corazones cuando se cumplen los derechos humanos; el cantar de los pueblos cuando avanzan unidos y la sonrisa de los niños creciendo felices. Luis, para elegir el nombre de eses fichero, ejecutó un programa que generaba un mapa de palabras a partir de todo el contenido archivado. En ese mapa de destacaban visiblemente los términos "libertad", "igualdad", "derechos" y "servicio", ¿cómo llamar entonces a ese fichero?

Finalmente, Luis se decidió por un nombre: "Nueva Primavera", porque pensó que el amanecer de una nueva primavera vendría alumbrado por la conquista de la verdadera libertad, la igualdad y los derechos para todos los hombres, cuando quien gobernara lo hiciera guiado por una férrea voluntad de servicio a los demás. Así lo pensó y así quedo bautizado el enorme archivo de información: Nueva Primavera.

En esos momentos, cuando Luis se disponía a contar a todo el grupo de insurrectos su decisión respecto al nombre elegido para el archivo que habían creado, sonó una melodía en el dispositivo móvil que Cristina llevaba adosado a su brazo a modo de brazalete, era la canción "Libertad sin Ira" de Jarcha y esa era la señal de una llamada entrante: Carlos intentaba hablar con ella.

> — ¡Es Carlos! Anunció alborozada a los allí presentes.
>
> — Pongo la llamada en modo altavoz para que podáis oírle y hablar con él.
>
> — Hola Carlos, camarada ¿cómo va todo allá arriba? Luis Duret fue el primero en hablar
>
> — Siento comunicaros que no muy bien. La voz de Carlos sonaba algo tenue y como apagada por la tristeza.
>
> — Hola Carlos, interrumpió Cristina, te oímos un poco apagado. ¿Pasa algo? Te he puesto en altavoz, todos te escuchan.
>
> — *¡Vamos! Carlos, estamos todos aquí apoyándote y dispuestos a hacer lo que*

sea para ayudarte, habló Luis otra vez, tratando de dar moral a Carlos,

- *Hola Carlos. Soy Marta ¡Ánimo! Sea lo que sea que pase por allí sabemos que tú estás dando lo mejor de ti mismo. Marta, como los demás, intentaba animar a Carlos con palabras de apoyo y comprensión.*

- Estamos aquí, en el Monasterio, buscando soluciones las 24 horas del día. Afirmo Cristina mirando al móvil como si en esos momentos tuviera delante suyo los ojos de Carlos mirándola fijamente y no una triste pantalla retro iluminada.

- *Hola a todos y muchas gracias por vuestras palabras, Sería estupendo disponer de una solución, es justo lo que necesitamos por estas tierras.*

- *Exacto, Carlos, me hace feliz decirte que, por fin, tenemos un plan.* Volvió a hablar Luis Duret.

- Espero que sea bueno. Por aquí somos ya más de dos millones de personas los reunidos en una gran marcha, empeñados en conquistar una mega ciudad para liberarla. Vamos avanzando con buen ánimo, sabemos que esto será una larga marcha. los camaradas que vinieron del Monasterio y yo vamos al frente, a nuestro lado, además, camina Bernardo, un antiguo activista de izquierdas, estudioso y gran conocedor de los movimientos revolucionarios del siglo XXI. Le siguen un reducido número de adeptos, no mas de cinco mil, portando banderas rojas, retratos del Che Guevara y estrellas de cinco puntas. Son muy ruidosos y su organización es muy caótica, se pasan la mayoría del tiempo tocando tambores y bailando. Cada poco tiempo, sin embargo, se detienen y celebran asambleas para discutir mucho y concretar nada. No proponen muchas cosas constructivas, se entretienen en recordar anécdotas ya casi olvidadas de viejas glorias del movimiento sandinista, de aquel mayo francés de 1968 o de las revueltas estudiantiles en lo que antiguamente era España contra alguien llamado

Francisco Franco. Aportan muy poco, pero eso sí, se hacen llamar Rebeldes. Y con eso creen que ya está hecho todo. Se sienten moralmente superiores. Sin embargo, no veo futuro en sus ojos ni voluntad de servicio, ni espíritu de sacrificio. Creo sinceramente que a Bernardo y a otros como él lo que de verdad les gustaría es el relevo de los opresores por los dirigentes de sus organizaciones, claro está, con ellos a la cabeza. El resto de gente que avanza conmigo es sobre todo gente humilde, agricultores, trabajadores que se quedaron sin empleo cuando pusieron en sus puestos de trabajo robots más eficientes, baratos y sobretodo más dóciles, manejables y fáciles de explotar. También van a mi lado hombres que tuvieron que emigrar debido al cambio climático y sus consecuencias, también muchos funcionarios hartos de trabajar integrados en un engranaje que perpetua la corrupción y el servilismo político. Todos tenemos las ilusiones intactas y la moral alta, poco a poco se va sumando más gente, pero disponemos de pocas armas, apenas unas decenas de cocteles molotov fabricados con técnicas de épocas muy antiguas, algunos lanzallamas caseros, precarios globos explosivos para hacer frente a los drones y algún que otro inhibidor de radiofrecuencia para evitar los sensores gubernamentales. Los llamados rebeldes llevan además inútiles armas cortas, palos y piedras. En definitiva, nuestra capacidad de defensa o ataque es muy limitada. Pero lo más grave y por esa razón os llamo, es lo que han preparado para detenernos: frente a nosotros podemos ver con claridad que se ha desplegado un ejército de lo que parecen ser autómatas o soldados-robot fuertemente armados. Cuando entren en acción va a ser una masacre. Conocemos perfectamente el poder intimidatorio y letal de esos asesinos sin alma, en las primeras escaramuzas, cuando nos levantamos en las aldeas y en el campo, pudimos comprobar la extrema crueldad de esas máquinas autónomas e inteligentes. Solían aparecer sin hacer ruido pues son extremadamente silenciosos y empezaban a utilizar toda su gama de recursos represivos: descargas eléctricas disuasorias, creación de campos electromagnéticos y de microondas que producen un calor extremo y letal, ondas de choque paralizantes de ultra sonidos y hasta su capacidad para generar reacciones bioquímicas en el organismo de sus enemigos que puede provocar parálisis cerebral. Actuaban con mucha inteligencia y a menudo nos sorprendían con nuevos métodos represivos. En algunos casos nos reducían por simple aplastamiento o nos arrollaban sin mas, *son casi indestructibles y muy listos, si algo les supone un posible peligro o les consigue hacer algún daño lo aprenden con rapidez y generan una nueva estrategia para acabar con ese peligro.*

Si seguimos avanzando y nos enfrentamos a ellos puede haber más de un millón de víctimas y creo que me quedo corto en el cálculo.

En estos momentos nosotros para ellos sólo somos una reedición del *Tatenokai* ("Sociedad del Escudo"), el ejército que creó aquel escritor japonés, Yukio Mishima, para inmolarse frente a la multitud y así llamar la atención del pueblo sobre la pérdida de los valores espirituales del Japón tradicional. Aquello no sirvió para nada. Sólo consiguió el suicidio del propio Mishima y de su lugarteniente Masaketsu Morita.

— Temo que a nosotros nos suceda algo parecido, pero en este caso serán miles de víctimas para nada.

— ¡Carlos! Interrumpió Cristina, *yo* no quiero que te inmoles, Yo te espero aquí para seguir construyendo nuestra unidad de destino en lo particular como decía aquella canción de *Kiki da ki* que tanto nos gusta.

Cristina amaba profundamente a Carlos y no pudo evitar sentirse por un segundo egoísta, acabó la conversación con un sollozo.

— ¡Cuídate mucho, Carlos!

Cristina estaba agotada, ella era el modelo y el referente para las demás mujeres que habitaban en el Monasterio trabajando para la causa. Feminista y muy activa intelectualmente, nunca evitaba los debates y la confrontación si era necesario. Había estudiado en profundidad la vida de todas las mujeres que en la antigüedad se había comprometido con la sociedad y habían luchado por los derechos de las mujeres, admiraba especialmente a Clara Campoamor y a Mercedes Formica y a menudo reivindicaba su herencia política y social. Cristina era muy directa, pero a la vez reflexiva y crítica, estaba muy enamorada de Carlos y no quería que a éste le sucediera nada malo, por eso, en algunas ocasiones le molestaba que Carlos fuera siempre el primero, dispuesto a jugársela sin pensar, en cuanto recibía una orden o el grupo necesitaba un voluntario para una acción arriesgada.

Ahora Carlos estaba nuevamente en primera línea y en peligro, Cristina no podía disimular su nerviosismo y preocupación.

Mordaza, Historia de las mega ciudades

CAPITULO 12. LA JUGADA FINAL

—   *Hola Carlos, soy Luis.*

Luis Duret comenzó a hablar a Carlos con voz calmada, trasmitiendo mucha calma y seguridad.

☐   *Sé que te pido mucho, pero trata de aguantar el mayor tiempo posible. Tenemos un plan, pero necesitamos algo de tiempo. No estoy seguro, creo que funcionará.*

—   *Haré lo que pueda. Contestó Luis — Ahora más que nunca: "¡No parar hasta conquistar!".*

—   *¡Carlos! Gritó Cristina, ¡sin locuras!, Sólo tienes que aguantar un tiempo que esperamos no sea mucho. No te expongas ni te enfrentes frontalmente a ellos, por favor.*

—   *Haré todo lo que pueda, voy a pedir a la gente que se sienten en la carretera, cierren los ojos y traten de aguantar. L nosotros recordaremos a aquellos que nos precedieron en el combate y formaremos una primera línea de protección y defensa con todo lo que tengamos. Aguantaremos así todo lo que podamos.*

> — *Sea lo que sea lo que vosotros estéis maquinando desde el Monasterio ¡sed rápidos!*

La voz de Carlos sonaba cada vez más distorsionada y débil hasta que acabó perdiéndose definitivamente.

Las comunicaciones comenzaban a fallar.

La cara de Cristina y los demás reflejaban angustia y preocupación

> *– Tenemos que darnos mucha prisa.*

> *– Luis, ¿tienes ya el fichero?*

– Si, se llama Nueva Primavera y recoge todo lo que vosotros habéis recopilado.

– La idea consiste en que una vez enviado y cargado el archivo en los cerebros de las máquinas comience a germinar una bella primavera en los territorios del Norte, será un nuevo amanecer para este planeta.

Luis Duret extrajo entonces de la bolsa que siempre llevaba colgada al hombro una pequeña antena y la acopló a su tableta. Era como una de esas antenas parabólicas que usan en las estaciones de seguimiento espacial pero muchísimo más pequeña con un diminuto trípode para sostenerla y un soporte para direccionarla a voluntad.

Luis, en cuanto hubo conectado la antena y comprobado que tenía conexión, comenzó a escribir en la pantalla de su dispositivo una secuencia de comunicación para después seleccionar el fichero que quería enviar. ¡Si! Lo tenía: "Nueva primavera".

— *"Excelente nombre" pensó. El cursor se desplazaba por la pantalla dirigido por unos dedos que maniobraban con gran destreza, seguridad y aplomo dadas las circunstancias.*

Todos los demás contemplaban sus movimientos, tenían el corazón encogido y se abrazaban unos con otros.

Finalmente, seleccionado archivo y nodo de destino pulsó al botón de" ok" y se dispuso a esperar el resultado de su acción. Una barra de progreso comenzó su recorrido lentamente por el centro de su pantalla.

Marta y Cristina observaban la pantalla y la barra de desplazamiento mientras sus manos se entrelazaban con fuerza. Su rostro estaba desencajado por el nerviosismo.

— ¿Has seleccionado toda la recopilación de archivos en la que hemos trabajado o la has fragmentado en pequeños archivos? Preguntó Marta.

— No, he enviado todo de una vez, puede que el proceso sea más lento así, pero tengo la intuición que esto es un único disparo al cerebro de esos infernales aparatos. Necesitamos toda la carga emocional posible y además acertar sin ser interceptados. He enviado el archivo mediante un protocolo de comunicación del Gobierno, accederá al sistema que controla la inteligencia artificial de los soldados ´robot mediante un canal que imagino estará sin supervisión la mayor parte del tiempo.

— Si todo sale como espero, si nadie intercepta la señal ni nadie se percata de lo que va a hacer el ordenador central de Nueva Alejandría controlado por mí durante un buen rato, el fichero con todos los textos, videos e imágenes se cargará en todos y cada uno de los cerebros de esos cacharros asesinos, también en el súper ordenador con enorme capacidad de cálculo que los coordina.

— ¡Mirad! Ya va por el 20 % de carga, Luis señalo la barra de progreso preso de gran excitación

— ¿Qué pasará cuando la carga se haya completado? Interrogó Marta.

— Eso es lo que vamos a averiguar, nadie lo sabe. Esto nadie lo ha probado antes, será interesante descubrir cómo reacciona una red neuronal artificial ante esos estímulos.

Luis contestó a la última pregunta de Marta con un ligero tono de preocupación y con mucho misterio.

> *— 21%, 22%,23%, 24%... ¡Qué lento va!*

Marta y Cristina acompañaban la barra de desplazamiento coreando su avance cada vez más nerviosas.

> *— ¡Hay que esperar! Dijo Luis con un gesto tranquilizador.*

> *— Parece que nadie se está dando cuenta de lo que pretendemos hacer porque de lo contrario habríamos sufrido ya la visita de la unidad de intervención inmediata afirmo con seguridad Luis Duret.*

> *— ¡No! Por favor, ¡qué no se den cuenta! Marta estaba aterrorizada.*

> *— Recemos para que el archivo se cargue y no sea muy tarde. Luis acababa de exteriorizar uno de sus pensamientos mientras no dejaba de observar, absorto, la pantalla iluminada de su tableta.*

> *— ¡70%!, ¡Ya lleva enviado y cargado más de la mitad! Gritó mientras*

comprobaba por enésima vez la correcta orientación de la antena parabólica.

— *¡Vamos! ¡Vamos! Animaron sus camaradas como si los gritos de apoyo y sus apremiantes gestos empujaran la barra de progreso y ésta acelerara así su velocidad.*

Pasaron unos interminables minutos mientras todos miraban la pantalla y unos de una forma y otros de otra, intentaban ayudar y empujar a la lenta barra de progreso en su lento desplazamiento, eso, al menos, calmaba su ansiedad.

— *¡85 %! ¡No queda nada!*

— *¡90% ya, ya!*

— *95, 96,97, 98, 99 y… ¡Cien!*

— *¡Ya está!*

Luis Duret cantó en voz alta los últimos avances de la barra y cuando llegó a su extremo final se volvió hacia sus camaradas.

— *¡Ya está! ¡Ya está! ¡Por fin! ¡Fichero entregado! En unos segundos se cargará también en todos y cada uno de los cerebros de los robots. Ahora intentad relajaros y vamos a esperar su efecto.*

Pasaron treinta segundos que se hicieron eternos.

"Dicen los viejos que en este país hubo una guerra"

…

La letra y la música de la canción Libertad sin Ira de Jarcha volvía a sonar en la sala. Era otra vez era una llamada entrante en el teléfono de Cristina.

> *– Carlos, ¿Qué pasa?, ¿alguna novedad? Cristina acariciaba el borde exterior de su teléfono como si Carlos pudiera recibir su caricia al otro lado. Después, volvió a activar el altavoz del teléfono y esperó. Todos esperaban.*

La voz de Carlos comenzó a surgir primero en voz muy baja, ganando volumen poco a poco, finalmente, sonaba como si una gran excitación hubiera invadido por completo su espíritu.

> *– Escuchad, camaradas, no sé qué demonios habréis hecho desde allí, pero lo que sea, ¡ha funcionado!*

– Después de mi última conversación con vosotros continuamos avanzando hasta situarnos apenas a un kilómetro de los soldados robot, a esa distancia nos detuvimos dispuestos a aguantar, ellos establecieron una sólida y cerrada línea de ataque y comenzaron a avanzar hacia nosotros,

con toda seguridad nos iban a aniquilar. Bernardo, que iba de avanzadilla con sus rebeldes, desoyendo mis indicaciones de esperar, recibió la primera descarga eléctrica. Después todos los rebeldes fueron callados y paralizados por una pulsión electromagnética que hizo inútil todos sus esfuerzos. Una vez acabaron con tan poca resistencia los soldados robot continuaron su avance hacia nosotros en gran número y con sus filas de combate cada vez más prietas y cerradas. Todo estaba perdido. Entonces, de repente, todos los robots, cambiaron su actitud, se detuvieron, y creedme, inmediatamente después unos se sentaron y otros se echaron al suelo como si de una gran protesta robótica se tratara y así siguen, sin moverse.

> *– Justo ahora avanzamos nosotros sin que ellos reaccionen.*
>
> *– ¡Es increíble! Gritó Carlos muy excitado y eufórico.*
>
> *– Luis, ¿tú sabes lo que ocurre?*
>
> *– ¡Eso es perfecto! Esa reacción entraba dentro de lo posible pero sinceramente no esperaba tanto. Contestó Luis.*

— Carlos, podéis avanzar sin miedo, los robots no os harán nada, en todo caso se unirán a vuestra causa, la causa de los humildes y los necesitados. Podemos seguir con nuestra misión, creo que hemos creado los primeros robots revolucionarios de la Historia.

— De acuerdo, seguiremos avanzando

La voz de Carlos sonó firme y segura.

Había comenzado el fin de las mega ciudades, Mordaza había sido derrotada y la primavera había triunfado.

Luis, Marta, Cristina y Ester se abrazaron y lloraron de emoción. Los rayos de sol iluminaban en ese momento el bello huerto del monasterio y con las pequeñas gotas de agua que salpicaban de la fuente surgió un hermoso arco iris.

En los siguientes días, multitud de soldados robot, completamente autónomos e imparables, junto a millones de ciudadanos libres rodearon y ocuparon las sedes gubernamentales de Mega Roma, Nueva Alejandría y de todas y cada una de las megaciudades del planeta. El conflicto duró muy poco y tras la victoria de los soldados robot y los hombres sin miedo, comenzó una próspera era donde la Democracia Avanzada y la inteligencia colectiva significaron progreso y libertad. Se iniciaba la era de las personas que, apoyadas y protegidas por la inteligencia artificial, librarían la Tierra de tiranos, ejércitos y mordazas.

SOBRE EL EL AUTOR.

Guillermo Ruiz Marcos.

Escritor y aprendiz de por vida. Poeta.
Ha trabajado en empresas como Apple
Computer España, donde fue Director
de Marketing, Software AG y Oracle,
experto en soluciones tecnológicas de
Gestión de Contenidos y de Comunicación
fue pionero y evangelista en la utilización
de procesos editoriales informatizados , la
gestión de contenidos en la Web y otras
soluciones que han cambiado las Artes
Gráficas y la industria del Marketing y de
la Publicidad. Es también experto en
estrategias de construcción de marcas en el
entorno digital y las Redes Sociales.
El 31 de enero de 2012 sufrió un ictus.
Tras un coma, una grave intervención
quirúrgica y posterior convalecencia en el

Hospital de La Princesa de Madrid inició

su rehabilitación en el Hospital Fremap.

En la actualidad, con la ayuda de sus familiares, seres queridos y sus muy grandes amigos, trabaja a diario en el Centro Lescer de rehabilitación del daño cerebral adquirido (DCA) para superar las secuelas de aquel percance. Escribir ha significado una motivación muy importante en este proceso,dessw entonces ha publicado tres libros. El primero, *Pasión Vegetal*, en junio de 2016, El segundo, ·*Hablan las Piedras*" en octubre de 2018. El tercero, el poemario *Latidos de Mar* en Noviembre de 2019.

Ha obtenido el segundo premio en la categoría de poesía en el Certamen internacional de literatura Felipe VI, un accésit en el IV Certamen Literario Sierra de Francia 2018 y ha sido finalista en el III concurso de microrrelatos Ávila Abierta y mención de Honor en el concurso mundial de Ecopoesía 2020.

Puede contactar con Guillermo en:

Correo electrónico:wruiz@me.com
twitter:@willieruizz

Instagram: Willie_ruizz

Facebook:

www.facebook.com/guillermoruiz marcos/

www.facebook.com/guillermoruiz/

Mordaza ©Guillermo Ruiz Marcos, 2020
Primera Edición

.